跟住 Ivan Sir 去東京買 Rolex

＊本書內所有價錢以￥100＝HK$5.2 計算（2024 年 3 月）

作者序

**重遊那些年的
東京鐘錶の旅**

我的出道作品《人生第一隻 ROLEX》還未到一年，出版商竟然鼓勵我出第二本書，在戰戰兢兢的心情之下，我鼓起了勇氣毅然答應了，這還是在一個無心插柳的隨意會談中提出的方案。

事源是因為這個「新丁」的第一本書反應尚算令人滿意，而在疫情消退後，大眾爭相去旅行購物玩樂，尤其我這個舊裝勞力士的發燒友，更是迫不及待要出去尋寶，所以在想如果寫一本去日本買錶的日誌或指南，必定受到玩錶人士的歡迎和喜愛。

由於受到時間的限制，無法詳寫整個日本的鐘錶零售行情，所以這次只選了東京作為精華重點。加上本人特別喜愛東京這個地方，她代表了這二十年來舊裝勞力士於我而言的人生意義和進化——由開始那初到貴境的新手，尋幽探秘，到剛做買賣，去不同的零售店和批發商挑貨買貨，認識了很多大小貿易商、錶行經理、當舖老闆、資深收藏家。當時的一股傻勁，現在想起依然覺得很興奮和高興。最記得當年去東京吉祥寺的批發商看貨，一個日本行家的私人公司外表看上去像一戶高級公寓，但內裏貨量驚人，Daytona Ref. 16520 的存貨竟然有兩大箱，數量最少有五十隻，頓感自己很渺小，不過亦激勵了我的雄心壯志。

時至今日，我有了自己的實體店，到外地做買賣的心境也已完全不同，尤其是東京，因為這裏有不少我熟悉的行內朋友和商店，到這裏工作也完全沒有壓力，吃喝玩樂，遊樂的心態令一切變成賞心樂事。

當然，東京的美食亦是重要的一環，在不同的區域、購物中心，附近都有着不少特色餐廳和小食，即使是一些販賣新鮮生果的小店和超市，你亦會找到最甜美的果實，滋潤生津，留連忘返。而最令人難忘的，是老友山田 洋會帶我去吃既便宜又好味的傳統日本菜式，壽司魚生、鰻魚飯、牛肉火鍋都是發夢想吃的東西。以上的種種原因，令到東京成為世界各地遊客最樂意去的地方，當然對我來說吸引之處更是多於其他人，就是我可以繼續尋尋覓覓發掘我的寶藏，找尋我的摯愛——勞力士。

這本遊歷東京的雜文，介紹了不少歷史悠久的著名鐘錶店，亦夾雜着很多新冒頭的小店，腕錶貨品上雖然新舊交集，良莠不齊，但凡如果閣下是喜歡收藏或觀賞舊裝勞力士，閱讀過後會得到一些實際有用的訊息，當然若你不太熟悉東京這個都會，內容裏細分的區域和資料，會讓你更好地掌握這些鐘錶商店的特性、貨品種類、市場定位等等。我希望，能讓你省去像我當年費心摸索的功夫，在有限的東京旅途時間裏，得到更好的旅遊購物體驗。

Ivan Sir

古董錶的學術研究代表

尊敬的讀者：

我認識 Ivan sir 已經接近二十年了。我記得當初在朋友圈中聽到他的名字，並知道他對古董錶有著深入的了解。當時我正好有一隻雙紅深潛的問題需要諮詢意見，於是我特地找他。雖然我已經記不清當時的問題是什麼了，只記得當時這支錶的價格在幾萬元左右。 Ivan sir 非常有耐性地與我分享他的知識，他的表達方式與眾不同。老實說，是學術派和功利派的區別，而他屬於前者。時至今日，他依然保持著這種風格。與他交談會讓我放下功利的想法，耐心聆聽他對古董錶知識的分享。這正是他的魅力所在，他擁有一種超凡脫俗的學術派風範。

在接下來的歲月中，我從事我的本行——當舖業，並且經常出國，從日本到世界各地採購貨品。每當遇到古董錶的問題，我一定會向他請教。市場從過去的相對簡單和便宜的商品經歷了一次又一次的上升、以至瘋狂，及後再回歸平靜，數番起落，我與 Ivan sir 都一同見證過。多年來，我看到他對古董鐘錶背後歷史的深入研究，真偽的考證，對稀有物種的收集，那份熱誠都只有增無減。

除了對古董錶的買賣以外，他還進行專訪、電視特備節目，開設班級授課，以至近年出版了書籍來推廣。 Ivan sir 用心、用時間、用誠意與廣大的古董錶愛好者分享他多年來寶貴的經驗，這不就是鐘錶界的學術派嗎？我由衷地佩服他，我認識許多業界人士，像他這樣的人屈指可數。

古董錶市場是一個複雜和專業化的領域，涉及歷史、製造技術、品牌、市場趨勢等多個面向。而 Ivan sir 的分享不僅可以幫助我們為古董錶辨別真偽、了解背後的歷史和市場價值，我期待在未來的日子裡，Ivan sir 能繼續以各種方式將他寶貴的經驗和專業知識分享給更多新加入古董錶的愛好者，這實屬我們之福。

Sam Hung

香港國際錢幣展與古董鐘錶交易會
香港鐘錶聯展
執行董事

為手錶文化的傳承和發展作出貢獻

親愛的 Ivan（Van 爺）：

不經不覺我們認識了已經超過 20 年。回想起我們在公司共事的那些年，我內心充滿了無比的感激和珍惜。我們並肩作戰、一起經歷了無數的喜與悲，攜手渡過了無數個風雨兼程的時刻，創造了銷售的高峰。你的專業精神、敬業態度和無私奉獻，一直都是我欣賞的地方。

我們過往在閒談的時候，你已不時談及對收藏手錶的濃厚興趣，尤其是 Rolex。你對 Rolex 的認識，是我意料之外，什麼年份、什麼型號、什麼價錢，你都能琅琅上口。當然，由於我對手錶的認識十分膚淺，每每聽完便算。但沒想到，多年後，你竟將你的興趣變為事業。如今，你已成為「手錶達人」Ivan Sir，還開設了自己的公司《Ivan Watches》，實在為你感到驕傲。我還記得我第一隻 Rolex 是向你購買的，是初版的潛水款 Ref. 116610LN，因為顏色太前衛，當年沒有購買相差一萬元的綠圈 Ref. 116610LV，有點可惜，不過到現在已經購買了好幾隻。

在此刻，我為你能夠完成這本關於勞力士手錶的著作而感到由衷的喜悅。這無疑是你多年來對這一領域的鑽研結晶。我相信，通過你的豐富的經驗和生動的描述，你必將為手錶愛好者帶來全新的認知和體驗。

衷心祝賀你的新作問世！期待它必將為手錶文化的傳承和發展做出卓越貢獻。願你今後的人生道路上，繼續保持熱情，再創佳績！

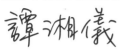

你的老同事兼朋友
製藥公司香港區總經理兼亞太區總監

古董勞力士擁有凝聚人心的魔力

親愛的讀者好：

我認識了 Ivan 前後有 10 幾年了，記得當初他在尖沙咀店舖的時候，我經常去看他們店內的古董勞力士擺設。因為自己也對這些古董擺設有着濃厚的興趣，所以跟他們和店舖職員也變得熟絡。

但真正深入了解 Ivan 的時候，就是在 2017 年，自己與著名拍賣行佳士得 Christie's 在香港中環置地廣場展覽廳合辦了一個古董勞力士展覽會，為期四天。我還記得有一天，約中午的時候，當時也有很多人，Ivan 來到展覽廳，很認真地看當時的每一件展覽品。一般人對手錶的興趣比較大，但是他是其中一位會放很長時間在古董勞力士的店舖擺設和工具上的人。可能就是他這一個舉動，我跟他在展覽廳上詳談了三小時，主要就是說大家收藏古董手錶的趣事和經歷。

玩古董手錶的人可能也知道，每一隻手錶都有他們獨特的外觀和特性，無論他們價值多少，手錶顯示的時間都是一樣，就是手錶背後的故事總是令人着迷。在全世界，這些古董勞力士擺設，工具和宣傳小冊子都是非常罕有，鍾情於這些東西的人更是少之又少。我自己是一個古董勞力士收藏家，也是古董勞力士擺設，工具和周邊物品的愛好者。從一隻手錶去到一份真摯的友誼本來就不容易。從手錶以外的展示品去到今天的友誼更加要珍惜。

勞力士是一個家傳戶曉的老牌子，極具人情味，古董勞力士更是令人着迷。每一隻古董勞力士背後都有最少一個感人故事。當我們一班錶友聚會的時候，就是這些歷史，經歷和特質把我們聚在一起，開始深入探討，還無私地分享下去。這些也是我和 Ivan Sir 對古董勞力士的熱誠和收藏歷程的共通點。

Jim LAI (kkevalll)

古董勞力士收藏家
香港古董勞力士會主席
Vintage Rolex Hong Kong（VRHK）

我最愛的錶，自始至終都是勞力士。

勞力士從來沒有改變世界，而是把它留給戴它的人。

這是勞力士最經典廣告詞之一。

不經不覺自己收勞力士錶和配件已二十多年，帶過不同品牌的錶，但始終最愛都是勞力士。勞力士有很多經典古董名錶，有著不同故事，深深吸引著我和一些同好者。不單止是經典名錶，它的配件和陳列擺設也是出色藝術品。我自己喜愛收藏舊裝勞力士表和它的舊陳列擺設，不同年代，有著不同的風格和特色，配襯著每個年代的經典名錶。

剛開始收藏勞力士，也曾交過很多學費，因為欠缺經驗，亦不知道收藏哪一類錶較為保值，很容易吃虧。

收藏勞力士錶的過程中認識了不少同好，印象最深刻當然是 Ivan sir，不經不覺跟 Ivan 相識已超過十多年了，亦師亦友，他令我印象最深刻的就是他對錶的態度，尤其是對勞力士錶的熱愛和執著，是一位活生生的勞力士字典，不同型號的勞力士錶，同型號不同期的錶，各種特徵瞭如指掌，如有舊裝錶的疑問，最快解答必定是打電話給他。

Ivan 為人相當謙卑而且健談，古董錶知識非常豐富，樂於分享知識，知無不言，我在他身上獲益良多。現時他已成為古董勞力士錶的專業教學導師，在行內享有盛名，對於初學收藏勞力士表的愛好者，如能報讀他的課程，就可以少走冤枉路，絕對有幫助。

在此，藉着這本書，希望能夠增加多一些同好者，共同分享收藏古董勞力士錶的樂趣。

鄭偉俊

資深舊裝勞力士收藏家

鐘錶界之「領航者」

二零零九年某月某日，我行經尖沙咀天文台道轉角一間鐘錶店，我登時被這間鐘錶店吸引入內參觀，原因竟然是因為這店鋪裝修都頗具古典風格 (作為一個工程師的我，可能這就是職業病了！)。 過了一陣子便有一位男仕走到我身邊殷勤地介紹他們的貨品，作為剛剛涉獵中古錶的我當然非常受落，這位仁兄亦不厭其煩地和我講解他們陳列貨品特別之處，不經不覺在一間二手鐘錶店便逗留了兩個多小時，從傾談中得知這位男仕剛好和我有著同一樣的名字「Ivan」，我相信，這便是緣了！

自問本人是一個甚有觀察力的人，經過數次溝通後，我覺得 Ivan 為人確實是一位可信賴的，所以便和他有了第一個交易，從他引領下購入一隻中古勞力士 (Explorer II — 奶面 16550)。有了這位專家引導之下，從此便更加投入地鑽研中古勞力士，有認識便有興趣，更逐漸由 GMT master 開始入手，Submariner、Sea-Dweller DRSD、 DayDate、Daytona 以至 6263 和 Comex 等等。停不下來了！我想我和很多鐘錶愛好者都有同一個特點，就是當見到一隻有感覺的錶，而在有可能情況下便會千方百計想盡辦法擁有它，就是如此我亦逐漸變成一位收藏愛好者。而我本身對錶盤設計上要求較為著重，不論顏色、功能、外形、材質及稀有性都有特定喜好，與 DayDate 的特色不謀而合，這個系列的錶面設計在用料上，配搭及顏色亦較為多元化，所以本人較為喜歡這個系列，雖然我從他身上學得到很多勞力士知識，但 DayDate 是學到最多的一個部份。

基於各大品牌各有特色，而我在芸芸收藏者之中都算是一個雜家小子，所以除了勞力士以外，其他各大品牌我亦有收藏，當然其他品牌的中古錶例如 Patek Philippe 及 Audemars Piguet 我亦經常和 Ivan 研究，從中互相切磋得益不少。

輾轉間十五年了，由當初我認識的 Ivan 哥變成今天的 Ivan Sir，由客人身份到現在久不久會去到他家中相見的朋友，不得不說是緣分。(靜靜告訴大家，他有時都有「佬」的一面，哈哈！)。

作為朋友的我當然最希望他的事業更上一層樓，繼續為大家帶來更多對中古錶的認識，跨越地域界限成為香港甚至全球業界的「領航者」。

領航人

Ivan Lam

資深工程師

我們與勞，點只知己咁簡單！

我們與勞。點只知己咁簡單！

"共你相識在童年，係你知心永不變，與你同渡多少快樂時，點只係知己咁簡單……"這首懷舊的廣告歌，正正見證我們二人的成長。我是廣告人，就用廣告作開場白吧！

同很多香港的故事一樣，我們識於微時，與 Ivan 由初中認識到現在已經幾十年了；既是同學亦是死黨。當年大家剛剛出社會工作時，Ivan 已經對勞力士充滿濃烈的興趣，還記得 Ivan 購買第一隻勞力士的時候，立刻跟我分享他的喜悅。當年要買一隻勞力士，已經是我們好幾個月的薪金了。就是近朱者赤，多年來談東說西也離不開勞力士。我想我的舊裝勞之路，也是多得 Ivan 這位好兄弟一直的悉心栽培。

喜愛舊裝錶的朋友也有到過日本東京的中野取經吧！記得在 2018 年，因工作關係與太太 Pauling 連同攝制隊一起到北海道拍攝廣告。在拍攝的第二朝清晨竟遇上 6.7 級地震，不怕死的香港人，竟然再工作多一天後才趕忙逃離北海道到東京。在停留東京的兩天，當然去了拜訪中野的 Jackroad，這個名字大家應該都不會陌生。當時，鎖定了三隻心儀的中古運動勞：1680 Red Sub Mk4、最後一代藥膏面 16800 Sub 及百事 1675 Mk1 LongE，真的花多眼亂。我當然不太懂分辨那隻是直殼、對期、圈片、針面等細節問題，第一時間就想起 Ivan。所以，趕緊影低每隻錶的細節，越洋與 Ivan 溝通；他仔細地分析：如單紅針有瑕疵，Long E service 圈片、藥膏面上氚夜光顏色不夠整潔，年份流水號等等。最終，選擇了比較完美的 16800 sub，亦是我暫時唯一一隻日本購入的中古勞。至於另外的 1680 Red Sub 及 1675，其後就在 Ivan 那裏入手了。

有人視舊裝勞為投資工具，我卻認為她是一種比投資工具更深層的學問。多得 Ivan 割愛，我也收藏了好幾枚舊裝勞的 Dream Watches（遺憾還欠一枚大橙針 1655）。作為他多年的好朋友兼好兄弟，能夠見證他在這一條專門的道路上創出一番成績，被各勞力士同好與好友尊稱為 Ivan Sir，實在替他感到高興。

Sammy Lau

廣告創作人
by Haplaboratory

Chapter 01
與日本淵源

▶▶ 東京有著為數不少專業的舊裝勞力士店舖，尤其是中野、新宿、銀座等等，是二手鐘錶連鎖店及當舖商家的集中地。他們擁有不同質素及年代的勞力士錶、售後服務良好、店員誠懇貼心，還可以為遊客辦理即場退稅，究竟日本鐘錶業的文化與其他地方的有什麼分別，我們來好好分析一下。

勞力士參考書

顧名思義，去東京搵勞，今次這本書是講述本人和日本東京的不可分割的淵源。在我的第一本著作《人生第一隻 Rolex》裏面提及到，我在 2000 年初買入第一隻舊裝勞力士 Explorer I ref.1016，從此入坑，完全沉醉於舊裝勞力士的世界中，還拼命「刨（閱讀）」日本的腕錶雜誌來充實自己。

對於許多腕錶愛好者來説，這些雜誌是一個寶庫，裏面的資訊讓大家清楚舊裝勞力士款式中不同的型號、生產時期、製造材料、不同時期的進化過程和變化，大家亦可以根據生產流水號 (Serial Number) 和相對的錶盤部件去推算舊裝勞力士對期與否，要知道很多勞力士工具書，都是集合了不同專業玩家和收藏家多年來的心得而成的，內容極之豐富，我也不例外會從中偷師。

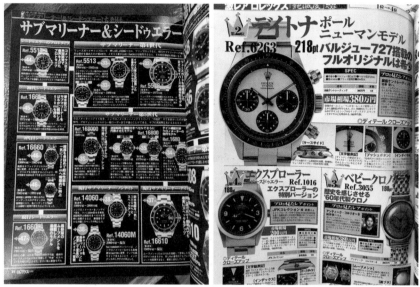

2002 腕時計王 Vol. 4

這些五花八門的日本鐘錶雜誌每期都有不同的主題，其中我最常看的一本叫《Power Watch》，它給我提供了不少寶貴的資訊，舊裝勞力士照片也是非常精美。另外亦有半工具書 watchfans.com 出版的《Rolex》，雖然他們是用日文著書，但內容價值非凡，內裏會介紹多款不同勞力士新舊腕錶，運動系列是主打，除了會介紹它們的型號和特點，最重要的，還會附有當時的市場價格。透過閱讀這些雜誌，讀者都能得到不少購買舊裝勞力士時的重要參考。

除此之外，這些雜誌的後半部份亦是我最喜愛的，有很多零售店都會刊登廣告，列出大量的勞力士腕錶，其中有著名舊裝勞力士專門店，例如中野的 Jackroad、不同地區的 Quark 909、上野的 Satin Doll，以及涉谷的寶石廣場等等，單單介紹東京市內的店舖已經有 10 多 20 間，提供了不少的選擇。

2002 Watchfans《ROLEX》

日本尋寶

當時我一直有留意一些香港的舊裝腕錶市場,例如深水埗鴨寮街,或者是油麻地廟街的攤位,但礙於自己還是個新手,還是不太敢輕易出手,但我總會忍不住流連在一些售賣舊裝腕錶的小店,從中取經。

在完全沉迷舊裝勞力士後,我開始對其市場愈來愈感興趣,為深入了解日本舊裝勞力士市場情況,我會根據雜誌上的店舖廣告,穿梭在不同的店舖之間碰碰運氣。現在用手機和 Google 地圖找路都很方便,然而在當時,人在異鄉要找這些店家並不容易,根據日文雜誌上簡陋的地圖和地址,逐一尋覓就像冒險一樣,感覺困難但也十分好玩。記得 2003、04 年左右,在銀座買了一隻相對便宜的釘框面 Submariner Ref. 5513,價格應在一萬元多元,算是勇敢尋寶後的一點小收穫。

Ivan Sir 當年往日本尋錶用的地圖

當時這種探險的心態，只是純粹出於對舊裝勞力士的個人興趣和熱血，並非為了做生意，不過在沉迷期間看到價格不斷上升，一股玩舊裝勞力士的熱潮正在迅速蔓延起來，直至 2005 年，我與友人 Kevin Wong 組成生意拍檔，開始積極地去經營這個從未接觸過的舊裝腕錶領域。

那時，正值日圓匯率處於 10 年來的低位，五算左右，而當年的店舖較少因應匯率變動而加價，這意味着從日本購買的腕錶會比香港便宜很多，我們毅然採購當時得令的勞力士舊裝運動錶，例如潛水 Ref.5513、Ref.1680，正是當時熱賣的款式。

除了會親自飛到日本買錶，我們亦會在日本 Yahoo! 拍賣中找尋熱門的舊勞款式。我們本身用香港 Yahoo! 拍賣買錶，生意好了，為了找尋更多的貨源，我們就決定在海外購物，日本 Yahoo! 就成為我們最好的渠道來源。由於是海外競投總要承受一些不確定的風險，就在這時，一位日本朋友在我玩舊裝生涯中最重要的角色出現了。

死黨般的伯樂──山田 洋（Yamada San）

當時舊生意夥伴 Kevin，正經營一間名為紅辣椒的日本餐廳，透過一位經常來香港的日本熟客 Ken 介紹下，我們認識另一位日本朋友山田 洋。他在東京亦經營一間四川菜館，大家很是投契。由於幾位朋友都喜歡勞力士，在我們誠意委託下，山田 洋開始替我們在日本採購不同的舊裝勞力士。

山田 洋一向是經營餐廳的，雖然對勞力士不是一竅不通，要知舊裝款式繁複，剛開始時算是一頭霧水，我們和他邊做邊學，也會給予他一些購買意見，逐漸地他成為有經驗的買手，畢竟日本人在日本 Yahoo! 拍賣上與日本賣家溝通上總比香港人順暢，還可以討價還價，拍下不少質素好、又熱門甚至是罕有舊裝勞力士，在市場上得心應手。

工作以外，山田 洋亦是一位非常熱情的人。當年我們每個月都會到日本與他見面，談笑風生，大吃大喝，大家的友誼就是這樣建立起來的。時至今日他已獨當一面，在舊裝勞力士的領域有一定地位，更在中野百老匯擁有自己的店舖，而我們關係依舊緊密。

最令我難忘的，就是在 2006 年，山田 洋在 Quark 909 入貨時，替我們尋到一隻極度罕有，狀態極好的雙紅深潛 (Double Red Sea Dweller: DRSD)，二期全啡面，由於太喜歡了，我自己就購買下來收藏至今，十八年了，這隻極有紀念價值的舊裝勞力士潛水錶依然被我好好珍藏著。

Submariner Ref.1665
Yamada 當年替我採購的
DRSD Tropical Dial（啡面）

導讀 日本買錶

日本著名高級購物區──銀座

了解日本鐘錶市場文化

東京有著為數不少專業的舊裝勞力士店舖，尤其是中野、新宿、銀座等等，是二手鐘錶連鎖店及當舖商家的集中地。他們擁有不同質素及年代的勞力士錶、售後服務良好、店員誠懇貼心，還可以為遊客辦理即場退稅，究竟日本鐘錶業的文化與其他地方的有什麼分別，我們來好好分析一下。

首先我們發現日本鐘錶交易活躍的地區主要集中在一些大城市，例如東京和大阪的商業地區。由於日本經濟發達得比較早，鐘錶市場上，無論是新錶或二手錶，甚至舊裝勞力士，客戶的選擇和本身的條件，甚至市場整體都比較成熟。雖然日本的二手市場以勞力士為主導，但其他品牌亦不遑多讓，流通廣泛。

其次是日本和香港的分別，一般日本連鎖店或大型二手腕錶公司都有一個獨特的文化，就是會為舊款或中古的腕錶進行翻新。即是腕錶會經過打磨及機芯抹油等程序才上架，店舖會承包驗證和維修服務，以提升腕錶的品質和價值，並為客人提供更完善的售後服務。

這對於一些有特定要求的消費者來說，翻新了的腕錶是個不錯的選擇，因為外觀上的瑕疵往往被視為不完美，而大部份日本人亦會願意購買翻新過的二手腕錶，這是日本錶舖的一個賣點，但對於舊裝腕錶愛好者或收藏家而言，盡量保持腕錶的原汁原味這一點更為重要，他們都不希望舊裝腕錶被翻新過或被更換新零件。

中野 Sun Mall 商店街

腕錶認證及保養

日本有一些鐘錶店，像某些歐美國家店舖一樣，會提供腕錶認證服務 (Verification/In-house Warranty) 以確保腕錶是原裝和品質良好。其實香港店舖亦有「包上行」的不成文規定，即顧客購入腕錶後，可於一個時段內（例如三十天）上行（到勞力士服務中心認證），店舖包保腕錶通過認證。以新裝二手或中古錶為例，顧客購錶後三十天內上行，如腕錶有任何零件是不原裝，可獲退款。不過舊裝勞力士情況有點複雜，有個別二手店明確表示舊款不設包上行，所以大家買錶時要留意。

說回日本的一些專賣舊裝勞力士的店舖，他們則有不同的銷售策略，有些會考慮到收藏家的需求，盡可能保持腕錶的原有狀態，不翻新亦不更換零件，以免影響到原汁原味的外觀和其價值。最好的例子就是，我見過同一款舊裝運動潛水錶，已換過指針的與保留原來指針的，兩者在價格上會有所不同，說明日本人也知道舊勞保持原裝狀態的價值。

Quark Lab 價錢牌標示：
腕錶已驗證真偽，並保持原狀，顧客如有要求
才作打磨或保養。

至於舊勞錶殼的外觀，不同的人有不同的喜好和標準，我本人就特別喜歡原始的外觀，覺得花痕令舊錶更添味道，當然也有人更喜歡亮麗整潔的外殼，所以作為腕錶愛好者，你要先弄清楚自己的喜好，是舊裝或中古錶？抑或全新、二手的新裝款？

另一方面，有一些中小型的中古腕錶店，由舊裝勞力士的收藏家主理，員工也擁有長年累積的專業知識，他們會誠懇照顧客戶的訴求，比如告訴你腕錶有否做過服務或翻新，清楚地向你說明舊裝腕錶的情況，不會隱瞞，這大大加強了客戶的信心，這亦是日本腕錶店的一大優勢。

沒有打磨過的舊裝錶殼

方便的退稅程序

今時今日日本的退稅程序不斷改進，比以往簡化了很多，有不少鐘錶店可在付款時直接退回 10% 的稅項，顧客也可以選擇使用 QR code 在機場海關完成退稅手續。部份小店則需要填寫一張表格在海關辦理退稅，總之就是比以前更便利和快捷，但當然我也碰過不設退稅的小型店舖，看到喜歡的舊勞卻因為 10% 的稅項而望門興嘆。

Ivan Sir 在 Ginza Rasin 購物，並在退税中。

Quark

Watchnian 中野店

勞力士的日本出世紙

勞力士的原裝證明文件，亦是我們經常提到的出世紙，日本的與世界各地的大相逕庭，並有着不一樣的發展。大約從 2002 年左右開始，日本才開始使用勞力士本身的證明文件，之前日本勞力士會印刷日本專用的出世紙，設計不同，內文全是日文，所以腕錶如果是附隨日本印的出世紙，它在二手市場價格便會略低一點。日本勞力士要求客戶在本地專門店或代理店購買全新腕錶時填寫一張表格，由代理商將客戶的資料發送到日本勞力士，然後勞力士才會將印有客戶名稱和地址等資料的出世紙郵寄給客人，並非能在購買腕錶的同時一併帶走，所以，我也見到不少日本腕錶缺失了出世紙，因為原錶主根本沒有辦理這個手續。

另外根據當地法律，日本零售店在賣出腕錶時必須遵守相關法例，包括保護客戶的個人資料，所以如果你購買二手或中古勞力士，附上的出世紙有可能被剪去或塗抹掉原錶主的私隱，這對將來的勞力士官方維修服務，有着一些風險因素，因為這些腕錶可能會被拒絕保修，或需要額外的驗證時間，導致保養服務受到限制或增加了額外費用，此外，出世紙被塗抹過也會影響二手價值。

現金特別折扣

通常在日本購買腕錶時，特別是昂貴的款式，用現金支付往往可以享受到一定的折扣，例如買一隻 1,000,000 日圓的手錶，支付現金大多能有三到五萬日圓的折扣，當然情況要根據不同的店舖而定。 大家要注意的是，在日本買錶，議價空間有限，不要以為能像在香港一樣可以大幅殺價，就算你是相熟的舊客也不一定能成為例外，我也有類似的經驗，説明日本商人基本上是説一不二的。

Chapter 02

新宿

▶▶ 作為東京市內其中一個最大的車站，亦是非常受旅客歡喜的
　　熱門旅遊區，購物地點集中之餘，食肆方面也非常之多選擇，
　　我下榻的酒店也在這裡。

Hotel Gracery Shinjuku

格拉麗斯新宿酒店，又名哥斯拉酒店，是網上評分很高的酒店之一，無論是位置或酒店設施也是很理想，它被眾多商店及食肆圍繞着，在酒店樓下已經有很多餐廳可供選擇，交通十分方便。而客房佈局簡約舒適，光線充足，空間上足夠放置大行李箱，更可透過窗戶欣賞到整個新宿的景色，包括旁邊那座著名的哥斯拉恐龍頭，基本上是我每次到東京必定入住的選擇，大家有機會的話不妨考慮這間酒店。

「買取」是什麼意思？

在途中大家可能會見到這些標明高價「買取」的店舖。「買取」顧名思義是收購，要留意的是日本的二手奢侈品商店，買取部門和零售部門有時會分別設立門店，一些買取店是沒有腕錶出售的。

伊紀國屋書店 新宿本店

新宿 JR 站的東口是最繁忙的出口，出去後走數分鐘便是伊紀國屋書店，它是新宿區內中最大的一間書店，亦是我最愛流連的地方，在這裡翻閱購買最新的腕錶雜誌，是我每次到東京的指定動作。

其中最重要的一本就是叫《Power Watch》的雜誌，基本上它收錄了東京大部份腕錶店舖的資訊；如果想知道走勢潮流趨向以及腕錶知識，那就一定要買這本每季由 Quark 與 Watchfan.com 推出的《永久保存版 ROLEX》，而這次我也買了本最新一期的《Power Watch》來查看最新的日本腕錶資訊。

伊紀國屋書店
東京都新宿區新宿 3-17-7
Tel ：03-3354-0131
營業時間：10:30 ～ 21:00

OKURA
新宿歌舞伎町時計專門店

在哥斯拉酒店附近的歌舞伎町中央街有兩間
OKURA，一間是專門售賣腕錶的店舖，而
另一間則以售賣名牌服飾及手袋為主。這間
腕錶專門店內設有售賣收購及維修等服務，
內裡除了勞力士，還有 Cartier、Omega 及
IWC 等等，款式上以二手新裝為主。

{
■ 舊裝：★★★★★　　■ 中古：★★☆☆☆
■ 新裝(二手)：★★★★★
■ 評語：品牌眾多，勞力士數量不多。
}

OKURA 新宿歌舞伎町時計專門店（メンズ專門店）
東京都新宿區歌舞伎町 1-18-1 藤田ビル 1F • 2F
Tel 　　：03-6233-7792
營業時間：12:00 ～ 21:00

皮帶款的黃金 Daytona Ref. 116518 和白
金藍面 Daytona Ref. 116509

Komehyo Shinjuku

是一間大型的二手奢侈品商店，其特色是店
舖面積大，裝修整齊，售賣貨品又種類繁多。
新宿店 2 樓是專門售賣腕錶，以二手新裝勞
力士為主，售價方面略為偏高。

{
■ 舊裝：★★★★★　　■ 中古：★★★★★
■ 新裝(二手)：★★★★★
■ 評語：商品以新裝為主，數量多。
}

Komehyo Shinjuku
東京都新宿區新宿 3-19-4 MLJ ビル 1 階～ 4 階
Tel 　　：03-5363-9322
營業時間：11:00 ～ 20:00

Rodeo Drive ④
新宿歌舞伎町店

繞到 Okura 歌舞伎町店後面，就是另一間樓高三層的店舖 Rodeo Drive，地下售賣名牌手袋及飾物，而腕錶部門則位於 2 樓。以腕錶存貨量來説，這間分店不算太多，但見到他們有售賣不同型號的中古及二手新裝腕錶，比例亦以勞力士較多，我對當中一隻 90 年代生產的 Daytona Ref.16520 Full Set 甚感興趣，見錶盤上的小三圈已開始呈現淺啡色，錶殼狀態亦良好，連同歐洲的出世紙，退稅後價錢約 34 萬港幣左右，價格上不算貴，唯一可惜的就是換了 Service 錶圈。

{
■ 舊裝：★★★★★　　■ 中古：★★★★★
■ 新裝（二手）：★★★★★
■ 評語：少量舊款，當中有驚喜。
}

Rodeo Drive 新宿歌舞伎町店
新宿區歌舞伎町 1 丁目 18-3 新宿木川 BLDG
Tel　　　：03-6825-1740
營業時間：12:00 ～ 20:00

銀藏（新宿 2 号店） ⑤

擁有 20 年歷史的銀藏，此店就位於新宿 JR 站東口與歌舞伎町之間的馬路口位置上，非常顯眼。印象中他們一直都是主力售賣名牌手袋及腕錶，腕錶售價相對實惠。在店舖重新裝修後，腕錶部門擴充至地庫樓層，佔地比以往更大，存貨量亦較多。銀藏的售貨員能以普通話及英語溝通，銷售策略上明顯比以往更注重遊客，證明遊客的消費力相當強。

銀藏內的舊裝勞力士，大多沒有經過翻新，保持了腕錶的原貌。作為舊錶收藏家，我會較為歡喜及推薦他們的經營方針。售貨員態度殷勤，又善於溝通，唯獨是對舊裝勞力士不太熟識。

以勞力士的存貨量來説，銀藏擁有不少舊裝及中古款式，如人稱肥婆（Fat Lady）的 GMT-Master II Ref. 16760，黃夜光淨錶，售價約港幣 10 萬左右。旁邊亦有黑圈 GMT-Master Ref. 1675，搭載著後期 Service 錶盤及針指，售價約港幣 7 萬多，算是便宜。

此外還有單紅 Submariner Ref. 1680 及 Ref. 5513。灰圈六期錶盤的單紅 Ref. 1680 的夜光比較暗沉，售價約是港幣 13 萬多，可惜是錶圈上 12 點位置的夜光珠已缺失。

這邊還有一隻 Sea-Dweller Ref. 1665 通渠面錶盤（Rail Dial），約港幣 16 萬多左右，狀態良好，價格實惠，旁邊還有一隻價錢相同若的 Sea-Dweller Great White。

{
■ 舊裝：★★★☆☆　■ 中古：★★☆☆☆
■ 新裝（二手）：★☆☆☆☆
■ 評語：貨品主要為中古及舊裝勞力士，舊裝會保持原狀。
}

銀藏
東京都新宿區新宿 3-22-8
營業時間：11:00 ～ 20:00

堪稱是世界上相機庫存量第一的專賣店，於 2020 年設立樓高六層的新宿旗艦店。北村寫真機店亦是一間專賣中古及古董相機的店舖，最特別的地方就是他們居然於 3 樓設有腕錶部門，我們當然要去一探究竟。

北村寫真機店
東京都新宿區新宿 3 丁目 26-14
營業時間：10:00 ～ 21:00

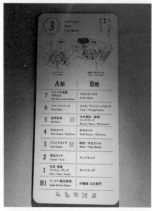

3 樓的 A 館是售賣廢棄相機及鏡頭，而相連的 B 館就是售賣二手腕錶的部門，店舖裝修簡潔而整齊，空間寬敞舒適。

店內盡是大量的古董相機及鏡頭，如果閣下是一位相機發燒友，應該會看得如痴如醉。

腕錶方面，除了勞力士以外還有其他的品牌，數量不算太多。他們在 2022 年起才開始售賣腕錶，在此範疇方面仍在發展當中。在店內發現一隻「倒 6」錶盤 Daytona Ref. 16520，並附有出世紙及吊牌。另外有一隻有盒有紙的 GMT-Master Ref. 16700，價格也合理。

{
■ 舊裝：★★★★★　　■ 中古：★★★★★
■ 新裝（二手）：★★★★★
■ 評語：腕錶部門尚在發展當中，拭
　　　　目以待。
}

記得 2018 年我到日本拍有關東京買舊裝勞力士的影片時，曾經到訪一間叫「Best Watch」的店舖，而該店現在已易名為「ISHIDA 新宿」，經重新裝修後，售賣中古及舊裝錶的「BEST VINTAGE」部門現設於地庫，包括各大品牌如勞力士、Patek Philippe、Cartier 等，而中古及舊裝勞力士的存貨量既多又精，是一家非常值得推薦的店舖。

這隻藥膏錶盤的 Ref. 16660，附有出世紙，維修收據及原裝盒等等大全套，退稅後約港幣 14 萬左右，價格絕對不過分。

Sea-Dweller Ref. 16660

店內亦有較早期的手上鏈型號 Ref. 6265，搭載著最早期的 Mark 1 銀色錶盤，約港幣 40 萬左右。

Daytona Ref. 6265

Daytona Ref. 16520 Mark 1 Floating Porcelain Dial

全鋼版本的白面 Daytona Ref. 16520 Mark 1 Dial，售價約港幣 120 萬左右，這隻極度稀有的版本狀態非常之好，並且是大全套，價格上當然不便宜。

Daytona Ref. 16528 Mark 1 Floating Porcelain Dial

這隻 Ref. 16528 罕有在於它是搭載 200 測速圈和白色 Mark 1 錶盤的黃金 Daytona，Mark 1 錶盤的特徵是跌字（Floating）、瓷面（Porcelain Dial）以及倒 6（Inverted 6），而這隻售價約 90 萬港幣。

GMT-Master Ref. 1675

搭載 Chapter Ring 錶盤的尖咀（尖錶冠護肩）Ref. 1675，退稅後約港幣 32 萬。

{
■ 舊裝：★★★★☆　　■ 中古：★★★★☆
■ 新裝（二手）：★★★★★
■ 評語：舊裝庫存豐富，亦有罕有款式，中古及新裝選擇多。
}

Best Vintage 新宿
東京都新宿區新宿 3-17-12 B1F（於 ISHIDA 新宿內）
Tel　　：03-3341-4481
營業時間：平日 12:00 ～ 20:00 / 土日祝 11:00 ～ 20:00

記得以往新宿的 Quark 是位於南口附近的，近幾年才搬到這大街上。新宿店以二手新裝勞力士為主，中古及舊裝的比例較少，當中可以找到 90 年代附有出世紙的 GMT-Master Ref. 16700 和 GMT-Master II Ref. 16710，現行款式則有沙士圈 GMT-Master II Ref. 126711CHNR，左手版綠黑圈 GMT-Master II Ref.126720VTNR 等等。

{
■舊裝：★★★★★　　■中古：★★★★★
■新裝（二手）：★★★★★
■評語：新宿店面積較小，貨量不多，
　　　　但店員透露定期有減價優惠。
}

Quark 新宿店
東京都新宿區新宿 3 丁目 29-13
Tel　　　：03-3354-9091
營業時間：11:00 ～ 19:30（年中無休）

Watchnian 新宿店

是日本生意規模最大的店舖之一，原名為一風騎士，可能隨着分店越來越多，這間分店的腕錶數量比以往少，勞力士都是以二手新裝及中古為主。

GMT-Master II Ref.16713
價格約港幣 9 萬左右，有出世紙及原裝盒，貼合市場價格。

Daytona Ref. 116500LN

熱賣款式 Ref. 116500LN「熊貓」錶盤，連出世紙及錶盒的價格約港幣 24 萬左右，同樣是符合市場價格。

Daytona Ref.116523

2010 年的金鋼「熊貓」Daytona Ref.116523，約港幣 15 萬左右，亦偏向市場價格。

Watchnian 新宿店
東京都新宿區新宿 3-22-5
Tel ：03-5925-8687
營業時間：11:00 ～ 20:00

■舊裝：★☆☆☆☆　　■中古：★★☆☆☆
■新裝（二手）：★★☆☆☆
■評語：新宿店位置優越，舊裝較少，
　　　　但中古及新裝齊備。

焼肉 にくの音 (Nikuno-né)

位於歌舞伎町，哥斯拉酒店旁邊的一家和牛燒肉餐廳，亦是區內 Google 評分最高的燒肉店。店裏選取了松阪牛、飛驒牛、近江牛等等日本頂級的 A5 和牛，亦會採用坊間少見的稀少部位，加上來自神戶、宮崎、鹿兒島、佐賀、信州、但馬等，多達 20 種的黑毛和牛可供選擇，是一間名副其實的和牛燒肉店。

店內裝潢華麗，分成六個以花卉作主題的房間，我們當晚就入坐於空間較大的「蓮之間」。

焼肉 にくの音 (Yakiniku Nikuno Ne)
東京都新宿區歌舞伎町 1-19-3 歌舞伎町商店街振興組合ビル 8F
Tel ：03-6457-6782
營業時間：17:00 ～ 04:00

我們選的套餐是金櫻，前菜是生和牛配生玉子，生和牛配海膽魚子醬等。燒肉是薄切牛腩、鹽燒稀少部位、金箔厚切和牛、Yakisuki（焼きすき）等等非常極致，和牛甘香卻又毫不油膩，肉質非同凡響。

Chapter 03

中野

▶▶ 來到中野就一定要到著名的百老匯商場，它內裡盤踞著不少腕錶店舖，不論是舊裝、中古或是二手新裝的勞力士都一應俱全，地方集中又方便。腕錶以外，亦有不少售賣玩具漫畫的店舖，非常適合作 Day Trip 的尋寶地點，更是錶迷必到的熱門朝聖地。

Jackroad And Betty 一直都是我到東京時必定探訪的店舖之一。以往,他們的店舖內擺放著各式各樣的勞力士腕錶,更會在店舖最顯眼的位置展示重點推介的舊裝。他們多年來以出售各種特別稀有的舊裝勞力士而聞名,尤其是 Paul Newman Daytona Ref.6239, 6241 等等,都可以在這裡找到,款式選擇可謂一應供全,就連不少名人都是 Jackroad 的捧場客,其中包括日本著名電單車賽車手 山中琉聖、搞笑藝人 上田晉也、饒舌歌手 Rauw Alejandro,還有日本國民級男神等等,可見這店在腕錶界的地位並不簡單。

上田晉也

山中琉聖

Rauw Alejandro

Jackroad 經過去年重新裝修後，分拆成三間店鋪，其中售賣男裝腕錶的主店，當然是我們必到之地。他們更專門為勞力士設立一個陳列室，囊括了幾乎所有勞力士系列 如 Day-Date、Datejust、GMT-Master、Explorer、 潛水系列及 Daytona 等等，展示得井井有條，還細分了舊裝、中古及二手新裝。外面的區域則擺放著如 Audemars Piguet、Patek Philippe、Cartier、Tudor、Omega 等等其他品牌的腕錶，單是腕錶的存貨量已超過 6,000 隻，不是一般店鋪能匹敵。

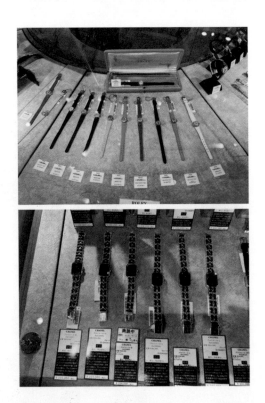

Jackroad 的第二間店舖以售賣女裝腕錶為主，集齊了如 Cartier、Rolex、Omega、Channel、Jaeger-Lecoultre 等等深受女士們歡迎的品牌，當中更有多隻坊間少見的 60 年代舊裝勞力士 Rolex Chameleon，除了有不同顏色的錶帶選擇，更有連同原裝錶盒的 Boxset 出售。而第三間店舖主攻女裝名牌手袋飾物，除了最受女士歡迎的品牌 Hermes、Chanel、Louis Vuitton 及 Gucci 外，就連比較冷門的 Delvaux、Valextra 都可以找到，務求開拓更全面的女性顧客市場。

除了專注銷售，他們更特設了買取專區。買取，即是收購物件，亦是日本常見的文化。該專區提供了高私隱度的寧靜空間供客人放售帶來的貴重物品。Jackroad 在中野百老匯積極地擴充至多間店舖，提供各種價格範圍的貨品，從高端款式到價格廉宜的款式都有。而為了應對海外客人，Jackroad 的員工能操英文、泰文、韓文，就連廣東話也有，非常國際化，大家不需擔心溝通上的問題，他們可以了解並且滿足來自不同地方客人的需求。

今次難得可以與 Jackroad and Betty 的店長 阿部 賢一（Kenichi Abe）分享一下
關於日本當地腕錶的情報，得知他們在勞力士的銷售方面一直都很理想，只是疫
情期間銷量難免強差人意，然而，因現時日元滙價便宜，令到海外客人增多，他
們都趁機到日本購買奢侈品。反觀日本本地人，阿部表示，經歷疫情及日元滙價
下跌後，他們的心態轉變，開始考慮以腕錶作為投資或財產，還有不少人認為持
有腕錶比持有日元更保值。而他們最優先考慮的，就是腕錶的狀態，講究是否原
裝及高質素，有否原裝盒和保証書等附屬品，其次才考慮價格。

在 Jackroad 裡最受歡迎的勞力士，不論是中古或舊裝，Daytona 及 Submariner
都是他們的銷量 No.1，尤其是膠面的 Ref. 5513，一直都是極高人氣的型號。
Jackroad 的優勢，就是各個系列的腕錶由新錶、中古以至舊裝的貨色都齊備，可
供客人一次過作比較，非常方便。而這次阿部亦向各位讀者推介了數款勞力士。

Double Red Sea-Dweller Ref. 1665
Tropical Dial

作為 Sea-Dweller 的原祖型號，這隻 1972
年製的 DRSR Ref. 1665 不單有著「SEA-
DWELLER」「SUBMARINER 2000」的紅色字
體，其第二期錶盤（Mark II）更開始呈現極美的
深啡色（Tropical Dial），加上變黃的夜光刻度
非常整潔，錶殼的狀態亦良好，並連同原裝盒及
保証書，這樣的條件下，絕對是市場上稀有的貨
色。

Daytona Ref. 116598 RBOW

2012 年，勞力士也有推出過金和白金版本的
Daytona Rainbow，2018 年首次推出永恆玫瑰
金版本，而且 Rainbow 從來不會在官方目錄或
網站上出現，連實際生產了多少隻也不得而知，
是一隻超級稀有隱藏型號。直至 2021 年才推出
這全新版本的黃金 Daytona Rainbow，就連我都
從未一睹過它的真身，它的錶圈和錶盤刻度鑲嵌
著彩色的方形寶石，的確極具貴氣，是一隻我十
分喜歡的腕錶。

Daytona Ref. 6263 14K Yellow Gold

因為黃金稅項的問題，這隻 14K 黃金版本的
Ref. 6263，是勞力士專為美洲市場特製的，可
惜的是它曾到官方維修部更換 Service 錶盤，但
其夜光點齊全，亦很乾淨，若與坊間一般的 18K
黃金版本相比，14K 的版本相對產量更少，所以
它依然是一隻非常稀有的腕錶。

GMT-Master II Ref. 16713

這隻 1990 年製的金鋼 Ref. 16713，黃金錶盤配
上紅寶石及鑽石刻度，其產量不多，記得當年它
們不太為大眾受落，只需港幣 5 萬多就有交易，
隨著近年寶石及貴金屬等稀有款式相繼興起，它
們的價格亦升了一倍以上，市價大約在港幣 16
至 17 萬左右，阿部亦表示，對上一次見過此款
式已經是十年前的事，附有原裝盒及証書的它在
退稅後價格只需港幣 12 萬左右，相當便宜。

Datejust Ref. 1601 Tropical Gilt Dial

1969 年製舊裝的 Ref. 1601。通常 Datejust 的 Tropical 錶盤都有個問題，就是啡得來不均勻，但這隻 Ref. 1601 狀態卻難得地平均，好像古銅色一樣，非常漂亮，價格上亦很相宜，港幣 7 萬多就有交易。

GMT-Master Ref. 1675 Gilt Dial

這隻尖膊頭（護肩）的 GMT-Master 屬較後期款式，應該會有內分圈、淚點或 underline 等元素在錶盤上，那很有可能就是轉接期錶盤，而針指及夜光方面，狀態都非常完美，價格上非常公道。

如果大家有機會在 Jackroad 購物的話，還可以獲贈一隻 Bearbrick 公仔，以及多款由他們邀請不同的日本 Artist 所繪製的非賣品 Printing 和紙袋，實在非常有心思。

■ 舊裝：★★★★★　■ 中古：★★★★☆
■ 新裝（二手）：★★★★☆
■ 評語：新、舊裝款式或貨存都十分
　　　　豐富，分區仔細，尋寶必訪。

Jackroad And Betty
東京都中野區中野 5-52-15 ブロードウエイ 3F
Tel 　　：813-3386-9399
營業時間：11:00 ～ 20:30（年中無休）

距離我上次到訪這裡有三、四個月，只是以往我沒有太留意，原來商場內已新增了很多新店舖。雖然我到達的時間是早上 10 點多，時間尚早，但難得地有一間店舖已經開門，它就是位於 3/F 的 7 HOURS。

GMT-Master Ref. 16700

現金特価

ROLEX	119188
ロレックス	USED
GMTマスター	
16700　W番	保
¥1,698,000	（税込）
TAX FREE	¥1,543,637
カード決済	¥1,782,900

這間店舖雖然佔地不廣，但內裡卻充滿驚喜，皆因店內有大量的舊裝勞力士，單是一個飾櫃已放有七、八十隻，而且價格方面非常實惠，款式上主要有 Date、Datejust 及 Air King，亦有較早期的尖釘錶盤或尖針指等等款式，價格大概由二十萬至四十萬日圓不等，非常適合大家去尋寶。另外他們還有少量二手新裝及中古的勞力士，如綠圈黑面的 Submariner Ref. 16610LV，以及百事圈的 GMT-Master Ref. 16700，基本上價格與香港差不多。

```
{
 ■舊裝：★★★☆☆    ■中古：★★☆☆☆
 ■新裝（二手）：★☆☆☆☆
 ■評語：舊款平價款式選擇多，亦有不
        少中古運動款式，花多眼亂。
}
```

---

7 HOURS
東京都中野區中野 5 丁目 52-15 中野ブロードウエイ 302 号
營業時間：11:00~19:00（定休日：水曜日）

要數百老匯商場內最大轉變的，應該就是 Watchnian，以往他們的店舖坐落於 3/F 末端的小舖，隨著品牌規模日益壯大，他們在百老匯商場開設了全新的店面，飾櫃中最受矚目的是勞力士在 2000 年推出的 Daytona Ref. 116519 白金 Daytona 四大美人，而且一套四隻，都是 Full Set，不設散賣，叫價約港幣 240 萬。這裡亦可找到 1990 年的百事圈 GMT-Master Ref. 16700 及 1983 年製的 Submariner Ref. 5513 Glossy Dial。

{
■舊裝：★★★★★　　■中古：★★★★★
■新裝（二手）：★★★★★
■評語：擴張規模後的新店，裝潢亮麗，以新裝為主。
}

Watchnian 中野店
東京都中野區中野 5-52-15 中野ブロードウエイ 3F
營業時間：11:00 ～ 20:00

Quark Lab ④

Submariner Ref. 1680 及 Ref. 5513

在中野百老匯裡當然少不了腕錶界的中堅份子 Quark 909，他們於百老匯商場內開設 Quark Lab，售賣中古及舊裝勞力士腕錶和配件，例如有 1985 年製的 Submariner Ref. 16800，及多隻不同年期的舊裝 Submariner，如 MK 4 錶盤單紅 Submariner Ref. 1680 及 MK 4 錶盤的 Ref. 5513，價錢牌上清楚列明已換錶圈等狀態，非常均真。此外，店內飾櫃內放有關於勞力士的書籍，及多個錶盤錶圈配件，證明除了腕錶，勞力士的配件及相關產品都有一定市場。

Submariner Ref. 16800

Quark Lab
東京都中野區中野 5-52-15
中野ブロードウエイ 3F
營業時間：12:00 ～ 19:00 年中無休

■ 舊裝：★★★★★　　■ 中古：★★★★★
■ 新裝（二手）：★★★★★
■ 評語：除了有少量舊裝款式及中古全套外，亦有不少勞力士零件出售，適合追求完美舊裝人士。

Renzu（れんず）⑤

一間擁有多隻中古勞力士的店舖，它位於當眼的轉角位置，內裡精品有 Onyx 錶盤的 Day-Date Ref.18238、沙示圈金鋼 GMT-Master Ref. 16753 及全金藍錶盤的 Submariner Ref.16618，還有全新 NOS 的黑色 Daytona Ref. 16520，價格方面與市場價錢差不多，而除了腕錶外，店內更有售多款 Hermes 的手袋飾物。

GMT-Master Ref. 16753

Onyx Day-Date Ref.18238

Submariner Ref. 16618

NOS Daytona Ref. 16520

Renzu（れんず）
東京都中野區中野 5-52-15
中野ブロードウエイ 3F
Tel ：03-5942-8267
營業時間：11:00 ～ 19:30 年末年始休業

■ 舊裝：★★★★★　■ 中古：★★★★★
■ 新裝（二手）：★★★★★
■ 評語：店內有近期大熱的中古款式
　　　　及特別錶盤型號。

Daikokuya Watch ⑥
大黑屋時計館

坐落於中野百老匯一樓入口的當眼位置，是開設了很久的店舖。出入口雖關上鐵閘，但卻是營業當中，可能是基於保安上的理由吧，畢竟之前東京曾發生過鬧市腕錶搶劫案，店員會幫忙開關鐵閘，大家依然可以自由進出的。店內款式以二手新裝及勞力士居多，有綠圈綠面的 Submariner Ref. 116610LV、金鋼 Sea-Dweller Ref. 126603，及最新的綠黑圈左手版 GMT-Master II Ref. 126720VTNR。

Submariner Ref. 116610LV

GMT-Master II Ref. 126720VTNR

而中古方面，難得見到一隻可樂圈的 GMT-Master II Ref. 16710，這 Ref.16710 是日本勞力士與日本知名美式古著服裝店 The Real McCoy's 於 1999 年推出的聯乘別注款，在「GMT-Master II」的上方印有紅色的「Chuck Yeager」字樣，是為了記念 1947 年美國首位以音速駕駛 Bell X-1 飛越莫哈韋沙漠的傳奇空軍上尉 Chuck Yeager，錶背底蓋上刻有「General Chuck E. Yeager」「The Real McCoy's」字樣及兩架 P.51 及 X-1 戰機的模樣，大黑屋還特別例明此錶是「希少品」「美品」。

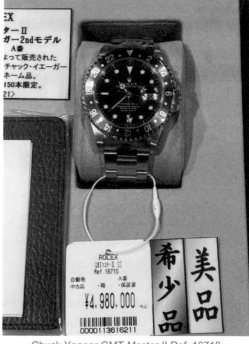

Chuck Yeager GMT-Master II Ref. 16710

大黑屋時計館
中野ブロードウエイ 1F 155 号室 /156 号室
Tel ：03-5318-5250
營業時間：11:00 ～ 20:00

■舊裝：★★★★★　■中古：★★★★★
■新裝（二手）：★★★★★
■評語：傳統當舖式經營，買賣以二手為主，貼合市場價格。

Belle Monde

除了舊裝中古的腕錶，這裡還有一間專門售賣二手新裝的店舖，除了有 Audemars Piguet、Zenith 及 Omega 等品牌，當然亦有勞力士出售，只是他們的存貨量不算多，想找到好貨色就要看閣下運氣。

```
■舊裝：★★★★★    ■中古：★★★★★
■新裝 (二手)：★★★★★
■評語：主打中古新裝，少量貨品。
```

Belle Monde
東京都中野區中野 5-52-15 中野ブロードウエイ 3F 344-1
營業時間：12:00 ～ 19:00 不定休

Samurai Joy（侍 Joy）

這間 Samurai Joy 明顯與其他售賣腕錶的店舖走不同風格，內裡除了售賣不同品牌的腕錶外，並沒有坊間熱門的勞力士運動系列，反而主力售賣 Oyster Date 及 Air King 這類較斯文的型號，如生產於 80 年代 Full Set 原裝紙盒的 Oyster Date Ref.6694 及 50 年代的 Ref. 1500，還有一些較低門檻的品牌如 Seiko、Hamilton 及 Omega 等等的舊裝款式。

```
■舊裝：★★★★★    ■中古：★★★★★
■新裝 (二手)：★★★★★
■評語：專賣入門級舊裝勞力士，以
        低價取勝。
```

Samurai Joy（侍 Joy）
東京都中野區中野 5-52-15 中野ブロードウエイ 3F
營業時間：12:00 ～ 19:00、水日定休

Time Zone

他們以往是比較多舊裝款式的店舖，但自從換了店長後，主打售賣一些二手新裝勞力士，除了有一隻黃金 Day-Date Ref.18038，其餘的都是新裝，飾櫃內還放有限量白金打造的 24 Hours of Le Mans 百年紀念版 Daytona Ref.126529LN，價錢方面就比較靠近市場價格。

{
■舊裝：★★★★★　■中古：★★★★★
■新裝（二手）：★★★★★
■評語：人事變換後，貨品以新裝為主，鮮有舊裝。
}

Time Zone
中野ブロードウエイ內 3F（382 號室）
營業時間：11:30 ～ 19:00 年末年始休業

Daytona Ref. 126529LN

Time Walker

主打售賣新裝勞力士，飾櫃存放著 2024 年全新的 36mm 彩色錶盤的 Oyster Perpetual Celebration Ref. 126000，及百事圈 GMT-Master II Ref.126710BLRO，以及多款二手新裝勞力士。

Oyster Perpetual Celebration
Ref. 126000

{
■舊裝：★★★★★　■中古：★★★★★
■新裝（二手）：★★★★★
■評語：貨品主打最新款式，吸引找尋特別新裝客人。
}

Time Walker
中野ブロードウエイ 1F
營業時間：11:00 ～ 19:30 年中無休

是中野百老匯內其中一間主力售賣舊裝及中古勞力士腕錶的店舖，亦是我多年好友 Hiroshi Yamada〔山田 洋〕的店。論店面面積，Good Watch 可能是最小的一間，只是店面雖小，但五臟俱全，當中的貨色都是經過精心嚴選，若閣下懂得欣賞舊裝勞力士，那這小店一定可以滿足到你。店舖正面的飾櫃中擺放了多隻舊裝及中古的 Full Set 勞力士，除了腕錶，旁邊的飾櫃則放滿了舊裝及中古勞力士的圈片、面盤和錶帶等配件。要知道在勞力士的世界，配件從來都是非常重要的一環，這次就請了店主為我們講解了一番。

山田洋眼看這兩年，多了一班從歐美以及亞洲而來的顧客，特別是香港的，他們來不單只為購買勞力士腕錶，他們手上已有舊裝及中古腕錶，可是因為歷經多年損耗，手錶在勞力士維修保養後，被更換了錶盤或錶圈讓他們後悔不已，而 Good Watch 所售賣的配件，正好可以讓那些腕錶回復到最原本的樣貌狀態，這是他們從世界各地前來這裡的主要目的，亦正好反映一些勞力士玩家對舊裝及中古錶的要求越來越高。

另外，山田亦表示現在更多客人們會追求進階款式的舊裝中古勞力士，他們開

始將目標由基本的入門型號轉移至更昂貴的型號上，例如 Paul Newman Daytona Ref. 6263 及雙紅 Sea-Dweller Ref. 1665，最重要的是客戶們都會追求一些未被打磨或更換任何零件的原汁原味腕錶，所以一些原裝面盤的稀有腕錶通常會很快售罄。

要數山田 洋最喜歡的舊裝勞力士，相信就是今日戴在手腕上的 Paul Newman Daytona Ref. 6264，錶殼狀態極佳，購入的時候是配備香港出世紙，更有日本維修服務發票，是非常有價值的個人收藏。

Daytona Ref. 6263 Big Red "Panna" Dial

這是一隻非常特別的舊裝 Daytona Ref. 6263，鮮明的大紅「Daytona」字樣配上銀色錶盤，其錶圈、錶冠及計時按鈕等整體狀態均是非常之好，流水號為 640 萬，是為 1980 年的產品。正如 山田 之前提到，配備鎖霸按鈕及膠錶圈的 Daytona 一直是很受歡迎的款式，加上有齊全的日本證書、日本維修服務發票及錶盒等原裝配件，坊間可能要賣到一百萬以上，他這一隻現折合價約港幣 87 萬多，是絕對值得推薦的。

Daytona Ref. 16520 White Porcelain Dial

這隻是由 山田 洋推介的 Daytona Ref.16520，生產於 1988 年，人稱「Porcelain」的最早期頭版型號，因其白色錶盤有如一片晶亮的陶瓷表面，在細心觀看錶盤上黑色字體位置時，會有一種倒影般的錯亂視覺效果而命名，加上原裝 200 米的 Mark 1 錶圈，亦是在眾多 Ref. 16520 中，最值得收藏的款式之一。它的原廠證書、全套文件、配件及錶盒均齊全，而且錶盤、錶殼和錶圈等沒有任何刮痕，狀態都非常完美，價錢方面，與市場價格相當接近。

Daytona Ref. 16520 White Dial Inverted 6

另一款的 Ref. 16520，是生產於 93 年 S 字頭流水號，較早期的一個倒 6 版本，至於何為倒 6，就是於 6 時位置小秒圈內的 6 字倒轉成 9 字，而錶身狀態非常良好，並配備所有原廠盒、原廠證書、翻譯紙和小冊子等，考慮到日本是最先流行 Ref. 16520 及 Ref. 1016 這兩型號的國家，價格相對來説沒太多下調空間。

Explorer Ref. 1016 Exclamation（左）& GMT-Master Ref. 1675 Underline（右）

這隻力架面 Explorer Ref. 1016，是屬於有 Chapter Ring（內分圈）的最後一期款式。它最獨特之處在於錶盤上 6 時位置的下方有一「淚點」，這一點我們稱之為 "Exclamation"，勞力士當時嘗試用 Radium 以外的夜光物料，於是在錶盤上畫上橫線，或加上這樣的一點，來表示物料轉換，屬於與夜光物料 Tritium 的交接時期。這款式生產年期為 1960 年代初，只生產了 3 至 4 年左右，而這隻的錶盤及針指上的夜光物料泛黃程度非常完美，乾乾淨淨，屬中上的質素。雖然它沒有配件或證書，但稀有度已足以彌補遺憾。

作為第一隻有護肩〔尖膊頭〕的 GMT-Master Ref. 1675，推出時期大約 1959 至 1963 年，但這隻 Ref. 1675 Underline 是云云 Ref. 1675 中最早期版本，與尾期的 Ref. 6542 重疊生產於 1959 年，所以它也會有 Chapter Ring（內分圈）。你可以在「GMT-MASTER SUPERNATIVE CHRONOMETER OFFICALLY CERTIFIED」字樣下方看到一條底線，表示著勞力士使用新物料替代舊式 Radium 夜光，亦是最後一批有內分圈力架錶盤的 Ref. 1675 款式，是產量非常稀少的過渡性版本。

Daytona Ref. 6263 Sigma Dial

雖然 Ref. 6263 的生產年期是由 1969 至 1987 年間，約有 18 年，但搭載著 Sigma Dial 錶盤的，卻只出過極短的一年左右。Sigma 指的是錶盤 6 時位置下方的「T SWISS T」兩旁，加有古希臘文「σ」，這代表指針及小時的刻度使用了貴金屬物料；夜光點方面，面積會較其他的 Ref. 6263 大，所以會輕微偏移了位置，沒那麼正中，此亦是它先天出廠的原裝狀態，大家不需感到奇怪，加上印有較稀有的大紅「Daytona」字樣，擁有這兩大元素的 Ref. 6263，是坊間少見的稀有款式，非常矜貴。

Double Red Sea Dweller Ref. 1665

作為 Submariner 第一個分支的 Ref. 1665，也是勞力士最早期的深潛，生產期在 1967 至 1977 年。錶盤上同時以紅色印上「SEA-DWELLER」「SUBMARINER 2000」這兩個系列名稱，強調它在性能上出類拔萃，一般 Submariner 潛水深度是 660 尺，而 Ref. 1665 則高達 2000 尺，是前者的三倍左右。有如此大的突破，皆因勞力士為了承受更大的水壓，製作了加厚錶殼及鏡面，並在錶殼旁設置首創的排氦閥門來抵禦壓力。這錶錶盤下方印有「SWISS-T<25」等舊裝必備細節，是經典系列 Sea-Dweller 的第一代始祖，如要數現今價格最貴的 70 年代粉面潛水勞力士，一定非它莫屬。

{
■舊裝：★★★★★　　■中古：★★★★★
■新裝（二手）：★★★★★
■評語：主打經典特別款式及罕有大全
　　　套，貨品貴精不貴多，推薦。
}

Good Watch
東京都中野區中野 5-52-15-340 中野ブロードウエイ 3F
Tel 　　：03-5942-7816
營業時間：13:00 〜 18:00

Billion Watch (12)

這間店舖位於中野百老匯外的商店街，最吸引人的地方就是內裡擺放了一隻 1:1 原大的 Marvel 英雄角色黑豹，此外，店內陳列著多隻中古及舊裝勞力士，旁邊亦擺放了多本與勞力士有關的工具書，營造出具型格的勞力士玩家店舖的氛圍。

腕錶方面有白色 4 行字錶盤的 Daytona Ref. 16520、Service 面的 Daytona Ref. 6263 及直針 MK 1 錶盤的 Explorer II Ref. 1655，售價方面都是一般市場價格。

4 行字 Daytona Ref. 16520

Daytona Ref. 6263

直針 MK 1 Explorer II Ref. 1655

Billion Watch
東京都中野區中野 5 丁目 59-6
Tel　　：03-6699-8809
營業時間：11:00 ～ 19:30

■舊裝：★★★★★　■中古：★★★★★
■新裝（二手）：★★★★★
■評語：舊裝款式有驚喜，貼合市場
　　　　價格。

Cream Rail Dial Explorer II
Ref. 16550

而舊裝方面，一隻 1985 年製，搭載著俗稱通渠奶面的 Cream Rail Dial Explorer II Ref. 16550， 有著原裝粗字錶圈，狀態相當不錯，而售價方面，退稅後約二十萬港幣，跟香港的價錢差不多。

龜吉是中野老字號之一，開業約有 28 年，記得當初他們舊裝腕錶的比例較多，但今次來到，就見新裝勞力士佔了上風，以及各大品牌的腕錶也有不少，例如 OMEGA、Tag Heuer、IWC、Breitling、Panerai 等等。跟他們傾談間得知其經營策略，會偏向著重一些新裝、二手新裝及較近代的中古勞力士。而在近年海外客人愈來愈多，尤其是在通關後，特別多來自不同地區的華人客戶，包括中國本土、台灣、香港、新加坡等等，所以他們也聘請了會説普通話的員工以接待客人。龜吉亦支援多種電子支付方式，相當方便。

Explorer II Ref. 1655

Daytona Ref. 116519

Day-Date Ref. 128238

在店內可以見到 Daytona 隕石錶盤的 Ref. 116519，及一隻搭載綠面鑽石刻度的黃金 Day-Date Ref.128238 等比較近期的款式。

GMT-Master Ref. 1675 連證書

不得不提的是，龜吉對勞力士的市場格價反應迅捷，店內腕錶價格會每隔幾天至一星期調整一次，這是大家必須要留意的。

龜吉（中野本店）
東京都中野區中野 5-52-15 ブロードウエイ 3F
Tel ：03-5318-7399
營業時間：11:00 - 22:00 年中無休

■ 舊裝：★★★☆☆　■ 中古：★★★★☆
■ 新裝（二手）：★★★★☆
■ 評語：中古新裝皆有，貨量頗多，
　　　　偶有特色舊裝。

鮨 せいざん （Sushi Seizan）

位於中野區的高級壽司店，但卻不昂貴的刺身壽司 Omakase，嚴選來自北海道及福岡的食材，十道菜式只需六千多日元，價格非常實惠，店內位置不多，只得十多個位置，而且經常滿座，最好是提前預訂，才有機會享受到這間非常隱蔽的人氣餐廳。

前菜方面有柚子啫喱白飯魚刺身，主菜有吞拿魚、油甘魚、劍魚刺身、燒帶子、中拖羅、焰燒金目鯛刺身，雲丹三文魚子也非常新鮮，當中的熟蝦壽司是由新鮮活蝦直接烹製而成，而且更有作為壽司料理中高級食材的小鰭刺身，論味道和性價比都非常之高。

鮨 せいざん （Sushi Seizan）
東京都中野區中野 5-53-5 マガザン中野 1F
Tel ：03-6454-0556
營業時間：11:30 - 14:30 / 17:30 - 22:00

感謝 Jackroad 店長阿部賢一的悉心安排，與其店員們一起品嚐這頓非常豐富的
午餐。

Chapter 04

上野

▶▶ 上野著名的阿美橫町，是充滿日本風味的商店街，除了食肆電器店藥妝店，還可以在這裏找到潮流服飾波鞋銀器，而這裡亦是本人來日本尋寶必到之處。交通上，在 JR 御徒町站下車更靠近腕錶店舖集中的一帶。

買取 Pro Sakura Brand Shop

屬於售賣及收買腕錶的小型店舖，款式方面以二手新裝的勞力士為主，並沒有太多舊裝及中古款式，價格方面都是一般市場價。

- ■舊裝：★★★★★　　■中古：★★★★★
- ■新裝（二手）：★★★★★
- ■評語：舊式檔舖方式經營，種類數量不多。

Submariner Ref. 16613

Daytona Ref. 16520

買取 Pro Sakura Brand Shop
御徒町本店 / 台東區上野 4-1-2
TEL　　　：03-6806-0045
營業時間：10:30 ～ 19:00（無休）

Okura 上野御徒町店 ②

店內腕錶也是以中古和二手新裝勞力士為主，其中有黑色和白色的 Daytona Ref. 16520，以及綠圈綠面的 Submariner Ref. 116610 LV，驚喜的是見到一隻較為罕有的中古 Day-Date Ref. 18038 中東面，綠色 Khanjar Oman 標誌配上綠色鱷魚皮錶帶，相當鮮艷奪目，淨錶頭沒附有原裝錶帶，退稅後約港幣 23 萬左右。

綠圈綠面的
Submariner Ref. 116610 LV

中古 Day-Date Ref. 18038 中東面
綠色 Khanjar Oman 標誌配上綠色鱷魚皮錶帶

■ 舊裝：★★★★★　　■ 中古：★★★★★
■ 新裝（二手）：★★★★★
■ 評語：二手奢侈品名店，上野分店
　　　　面積較小，主力售賣手袋。

Okura 上野御徒町店
東京都台東區上野 4-3-8 島田ビル 1F
Tel　　　：03-5817-4800
營業時間：11:00 ～ 20:00

上野其中一家必到的店舖，陳列出來的大部份都是二手新裝，較為大路的中古勞力士有 Daytona Ref. 16520 及金鋼款式的 Daytona Ref. 16523，舊裝方面有兩隻不錯的單紅 Submariner Ref. 1680，質素符合叫價，亦貼合市場價格。

■舊裝：★★☆☆☆　　■中古：★★★☆☆
■新裝(二手)：★★☆☆☆
■評語：常見熱門新裝、中古、舊裝
　　　　皆有存貨。

Daytona Ref. 16523

Daytona Ref. 16520

單紅 Submariner Ref. 1680

單紅 Submariner Ref. 1680

Quark 上野本店
東京都台東區上野 6-3-1 そめやビル 1F
Tel　　：03-3836-6337
營業時間：11:00 ～ 19:30（年中無休）

Satin Doll 上野店及上野本店

上野區內的重點店舖，記得約十多年前他們的分店數量較多，並分佈於不同購物區，時至今日剩下分別為上野店和本店，前者主要售賣舊裝運動款式，而後者則是以 Datejust 和 Day-Date 為主。

上野店

Explorer II Ref. 16570

Day-Date Ref. 18238

上野本店

Day-Date Ref. 18238A

Submariner Ref. 5513

{
■舊裝：★★★★☆　　■中古：★★★★★
■新裝（二手）：★★★★★
■評語：舊裝腕錶依舊琳瑯滿目，有不少
　　　　特色大全套，是上野的精品店。
}

Explorer II Ref. 1655　　　Submariner Ref. 16618SG

Daytona Ref.16520
1996 年的 Daytona Ref.16520，原本白色的錶盤已變成奶黃色，算是一大驚喜，店舖沒有列明售價，估計應該不便宜，有點後悔沒有問價。

灰圈力架面 Submariner Ref. 5513
放眼望去，店內依然有著大量的中古及舊裝勞力士可供選擇，當中大部更是大全套的，例如黃夜光 Explorer II Ref. 16570、單紅 Submariner Ref. 1680、 Submariner Ref. 5513、Explorer II Ref. 1655，更有一隻灰圈力架面 Submariner Ref. 5513。

黃金 Day-Date

Satin Doll 的本店，黃金鑽石刻度的 Submariner Ref.16618SG、鑽石錶盤的 Datejust 以及黃金 Day-Date 等等都可以在這裡找得到。

Satin Doll 上野店
東京都台東區上野 6-4-11
Tel 　　：03-3831-7846
營業時間：10:30 ～ 19:30（日祝～ 19:00）

Satin Doll 上野本店
東京都台東區上野 6-10-2
Tel 　　：03-3837-5306
營業時間：10:30 ～ 19:30（日祝～ 19:00）

燒鳥 鐵 （Yakitori Kurogane）

新宿區內的 Omakase（廚師發辦）形式串燒店，2022 年曾於 Tablelog 入圍年度百名店的餐廳，店內設獨立房間，環境舒適。

燒鳥 鐵
東京都中央區八重洲 2-6-5 八重洲五の五ビル B1F
營業時間：17：00 ～ 23：00（L.O.22:00）

當中每道菜都經過精心烹調及炭火烤製，包括有輕烤雞刺身、雞內臟串燒、雞白肉串燒、雞肉刺身伴海膽魚子醬、雞湯、鵪鶉蛋、雞肝、雞翼串燒、帶子刺身等等，既能品嚐到燒得恰到好處的火候，又能突出食材的原本味道，是一間非常精緻的串燒店。

Chapter 05

銀座

▶▶ 銀座作為東京最高級的商業區,一直是奢華、時尚的代名詞,區內齊集了各大國際知名品牌的專門店及高級餐廳,是東京熱門的購物區,當然也少不了腕錶店舖,而這區唯一的缺點,就是範圍太大。

Quark 銀座 888 店及 Quark Salon

若想找舊裝或中古勞力士，Quark 絕對是不二之選。Quark 在全日本有 17 間分店，還有一間在香港尖沙咀，可見極具規模。本人與 Quark 的代表取締役 福原 健太郎，就是多年前於香港分店認識。銀座 888 店是 Quark 於東京最大的店舖，旁邊則是售賣貴金屬、鑽石配置的勞力士或 Patek Philippe 的 Quark Salon。Quark Salon 採取預約制，內設有 VIP Lounge，二樓更附設酒吧及 Bar Tender 來招待貴客。

Quark Salon（左）及 Quark 銀座 888 店（右）

Submariner Ref. 5513

由 1998 年開業到今，Quark 一直專注於勞力士腕錶市場，除了會不定期地出版專門講述舊裝勞力士的雜誌外，亦是暫時唯一一間會專門培訓員工舊裝及中古勞力士知識的公司。

Quark 最厲害之處就是店員專業知識豐富、腕錶質素極高，而且他們的店員都能以英文中文溝通，所以很多日本本地或海外的客人都會因此慕名而來，甚至有些舊裝勞力士收藏家都會放心地把腕錶交付予他們作寄賣，因此他們坐擁不少罕有的勞力士。

今次有幸找來專門負責舊裝勞力士部門的 Quark 取締役佐藤顯，分享對玩舊裝勞力士的心得。佐藤表示，隨著市場愈來愈講究腕錶的原裝性和質素，可供選擇的款式便愈來愈少，導致價格日益上升。款式方面，手上鏈的 Daytona、Explorer Ref. 1016，以及 Submariner Ref. 5513 是比較受歡迎的。值得一提的是 Quark 的優良售後服務，尤其是維修保養方面，他們的維修師父，應該是全日本做過最多手上鏈 Daytona 抹油的老師父，經驗非常豐富，而且 Quark 更為售出的腕錶提供 3 年保養，能讓客人十分放心。

除此之外，凡是於 Quark 購買的腕錶，他們都會以讓客人滿意的價格回收，畢竟在舊裝勞力士逐漸供不應求的情況下，回收販售能促進舊裝腕錶市場流動，舊裝勞力士才能承傳到更多愛好者手上。

這次佐藤特意準備了幾隻市面少見的舊裝，為大家介紹一番。

Datejust Ref. 6605

通常坊間的 Datejust 的鑽石錶盤，鑽石都是鑲嵌在 1 至 11 時的位置，但佐藤手上的 1958 年製的 Ref. 6605，是比較罕有的款式，錶盤上只有六顆鑽石，鑲嵌在 2、4、6、8、10、12 位置，亦因為當年錶盤上的勞力士皇冠及「OYSTER PERPETUAL DATEJUST」等字樣較小，所以可以在上方位置容納多一顆鑽石，整體錶盤佈局簡潔而優雅。

Paul Newman Daytona
Ref. 6241 Mark 1 Exotic Dial

這是一隻擁有原裝出世紙的 Ref. 6241，是從 First Owner 購入，配備原裝 71 型號錶耳，錶殼亦維持在極良好狀態，市場上即使沒有出世紙的也要 350 萬港幣，而 Quark 這隻退稅後只需約 310 萬港幣，價格上相當吸引。

Daytona Ref. 6265 Silver Mark 1 Sigma Dial
又是另一隻從 first owner 購入的舊裝
Ref.6265，小三圈有輕微變啡（Tropical），錶
圈錶殼亦未經打磨，狀態極佳。

Single Red Submariner Ref. 1680 Mark 4
這隻應該是這趟旅程中見過狀態最好的單紅
Ref. 1680，錶圈錶殼狀態良好，而且所有部件
均是原裝，是坊間少見的上佳貨色，愛追求原裝
狀態的舊裝玩家應該會非常喜歡。

{
■舊裝：★★★★☆　■中古：★★★☆☆
■新裝（二手）：★★★☆☆
■評語：由熱門舊裝，以至珍貴舊裝、高端款
　　　式均有，誠意推介予高要求的客戶。
}

Datejust Yellow Gold Ref. 1611
這隻黃金的 Ref. 1611 亦是購自 First owner，是 1960 年代產物，其獨有的 Morellis 紋理錶圈，是由工匠們人手雕刻而成，可是其極細緻的紋理會因輕微的摩擦而損耗，所以時至今日，能完好無損地保存著的 Morellis 錶殼可謂非常稀少。

Explorer Ref. 6350 Honeycomb Dial 及 Explorer Ref. 6298 Bubble Back
佐藤知道我身為 Explorer 的擁戴者，其實還特意向我展示了一隻搭載著最原始的 Honeycomb （蜂巢）錶盤 Explorer Ref. 6350，及另一隻設有尖釘尖針指的 Explorer Ref. 6298，但礙於其珍貴性，所以照片不能公開，望大家見諒。

Quark 銀座 888 店 & Quark Salon
東京都中央區銀座 8-8-8 銀座 888 ビル 1F
Tel ：03-5537-7909 / 03-6274-6909
營業時間：11:00 ～ 19:30（年中無休）

Watchnian 銀座本店 ②

Watchnian，原名一風騎士，作為現今日本最具規模和實力的鐘錶店之一，成立於 2005 年，與本人的生意往來已有十多年。一風騎士初期以批發二手腕錶為主，亦積極舉辦大型的本土鐘錶拍賣活動，及後更傾銷世界各地，現在定期與 Quark 909 合辦每月兩次「Watchnian Auction 鐘錶拍賣大會」，多年來一直活躍於勞力士腕錶市場。

2018 年，企業收購「銀藏」，進一步擴大名牌手袋及珠寶首飾的生意。2022 年從原名「一風騎士」更名為 Watchnian，現正準備在 2025 年於日本上市。是次訪問於其銀座本店進行，銀座本店樓高二層，二樓是全日本愛馬仕手袋庫存最多的 Hermes Salon，可見其雄厚的實力。

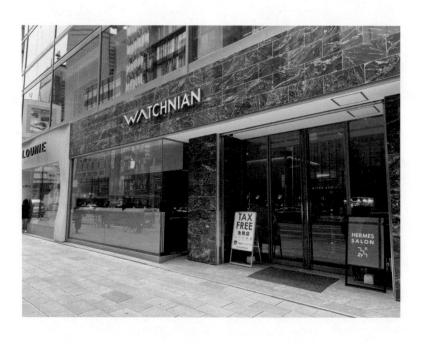

地下樓層（1F）放眼盡是勞力士，其中不少是附有保用卡的新裝款，二手腕錶也是狀態簇新，品相一流，可見其經營策略並不聚焦於舊莊勞力士市場。Watchnian 代表取締役 高妻寬樹先生表示，他們的客戶，日本本土和海外顧客各佔一半，就連美國著名拳擊手 Floyd Mayweather 都是他們的客人之一，而員工都能操流利的中文和英文，應對海外客人沒有半點阻隔。Watchnian 亦有在 Chrono24 開設網店，大大方便了海外客人越洋購物。

GMT-Master II
Ref. 126711CHNR

店面都是新裝勞力士為主，如果想要找尋舊裝款式，Watchnian 舊裝勞力士經理的部門會特別照顧顧客們的需要，或一般情況下，他們會推薦到集團成員之一 Quark 909 選購。

GMT-Master II Ref. 126720VTNR

店內裝修寬敞堂皇，有足夠的空間感，讓顧客舒適地慢慢挑選腕錶。其中精品可見綠圈 Ref. 116610LV、沙示 GMT-Master II Ref. 126711CHNR、還有左手版本 GMT-Master II Ref. 126720VTNR 等等，讓人心猿意馬。

代表取締役 高妻寬樹與本人認識多年，是次專誠回來，與本人在銀座本店二樓會客室詳談一番，並向各位讀者推介了近代幾隻特色勞力士。

Daytona Ref. 116595RBOW

最厲害就是這一隻紅金版本 Daytona 彩虹面 Ref. 116595RBOW，約為港幣 400 萬左右，這隻錶最特別的地方就是它擁有彩虹滿天星錶盤，是最高級配置的版本的錶盤，市場上比較罕有，是勞力士的隱藏型號。

Daytona Ref. 116519 Beach ー Tiffany Blue

大全套的 Tiffany Blue 白金 Daytona Ref.116519，四大美人之一，我們在 Watchnian 中野店有見過一套四色的 Ref. 116519，本店這隻也是漂亮，約為港幣 70 萬左右，是市場平均價格。

GMT-Master Ref. 126710BLRO

2022 年版本的新裝百事圈 GMT-Master Ref. 126710BLRO，人氣度自然不用說，退稅後約為港幣 17 萬左右。

Day-Date Ref. 118235A

最後他們推介一款 2008 年的紅金隕石錶盤 Day-Date Ref. 118235A，退稅後約為港幣 28 萬左右。要知道這種特色寶石面一向產量不多，十分罕有，價格一直不停上漲。

■ 舊裝：★☆☆☆☆　■ 中古：★★★☆☆
■ 新裝（二手）：★★★★★
■ 評語：近代熱門款式、高端腕錶齊備，舊裝較少。

Watchnian 銀座本店
東京都中央區銀座八丁目陽栄銀座 1F/2F
Tel 　　：03-6281-4722
營業時間：11:00 ～ 20:00（年中無休）

OKURA（おお藏）銀座中央通り店

Okura 銀座店一樓是腕錶部門，二樓則是售賣 Hermes 的專屬樓層。他們是日本有名買賣奢侈品的店舖之一，全國總共有 21 間門店。今次找來 Okura 銀座中央通り店的店長劉至耿跟我們談論一下對日本鐘錶市場看法。

相比於任何一個國家，日本的鐘錶市場，無論是在銷售或是配套方面都十分成熟，劉店長本身是台灣人，他表示，台灣雖有著自己的舊錶和中古腕錶市場，但還處於發展階段，價格也不盡相宜。但在日本，業界競爭對手很多，要是貨品質素或售後服務不好，就留不住客人，所以 Okura 致力於做好這些之餘，價格也是很「均真（公道）」。

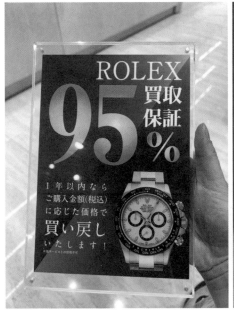

Okura 有勞力士 95% 買取保證，即是客人向他們購買勞力士，Okura 承諾於一年內會以 95% 的價格回收，這是甚少店舖會提供的保證，讓顧客可以買得更安心。

Daytona 長期位於 Okura 勞力士的銷售榜首，緊接其後的就是 GMT-Master 及 Submariner。銀座中央通り店高峰時有 100 隻勞力士左右，原本中古存貨量充足，但隨着來自香港、新加坡、菲律賓、馬來西亞，及歐美等國家的遊客日漸增多，加上日圓匯率偏低的情況下，中古款式都幾乎售罄，Okura 積極補貨也追不上銷情，現時存貨量是 50 隻左右。

Okura 最吸引顧客的因素就是安心感，很多海外客人反映，他們擔心在其國家買到贋品或被改造過的腕錶，所以更願意飛到日本去購買腕錶，即使價格比他們國家的高也毫不介意。

另一方面，劉店長表示，顧客多以腕錶質素、附屬品齊全為優先考慮因素，價格也是其次。當然，舊裝或中古腕錶缺失附屬品也是常見的情況，但這些因素都會反映在價格上，豐儉由人。

劉店長在入職 Okura 前曾為勞力士工作多年，並代表台灣勞力士出席巴塞爾鐘錶展 （Baselworld），他更向我們透露了一些關於勞力士製作腕錶的內幕，就以彩虹錶盤為例，如果他們採購的紅色寶石偏深色，那其他顏色的寶石也需選取同樣的色彩濃度，絕不可以有深淺配色的情況出現，所以在材料上的限制非常大。

而近年很受歡迎的隕石錶盤，產量非常稀少的主要原因是，原本有一支專門採集隕石的團隊，供應材料給全球各大腕錶品牌，但品牌爭相搶購，隕石逐漸變得供不應求，所以勞力士也不能保證這款寶石錶盤的產量。

劉店長亦分享了一些勞力士送給參與巴塞爾鐘錶展員工的紀念品，過往這類紀念品亦會被炒賣，不過劉店長表示現時並不打算出售。

24 Hours of Le Mans 100 周年紀念版 Daytona Ref. 126529LN

是向 Paul Newman 致敬的限量版，錶盤上紅色「Daytona」字樣及錶圈上的黑底紅字的紅色 100 米圈速，配上透明底蓋，退稅後約為港幣 140 萬左右，預料價格會因停產而再上升。

Daytona Ref. 116519G Rubellite Grossular

較罕有的寶石錶盤型號,是色彩鮮艷而且乾淨的紅石榴石,退稅後價格約為港幣 40 萬左右。

GMT-Maste II Ref. 126719BLRO
白金隕石錶盤的貴金屬 GMT-Master，退稅後約為港幣 38 萬左右。

Day-Date 228235 玫瑰金綠色錶盤
勞力士特別為 Day-Date 60 周年打造的綠色錶盤，現在賣價退稅後約港幣 40 萬左右，貼合市場價格。

■ 舊裝：★★★★★   ■ 中古：★★★★★
■ 新裝（二手）：★★★★★
■ 評語：日本著名連鎖二手店，回收價進取，主打中古及新裝腕錶。

OKURA 銀座中央通り店
東京都中央區銀座 8-9-13 K-18 ビル 1F/2F
Tel ：03-5537-5321
營業時間：11:00 ～ 20:00

記得疫情前 Ginza Rasin 在銀座擁有兩間店舖，一間是總店，售賣不同品牌腕錶，而另一間是專賣勞力士的分店。後者原是座落於有樂町附近，在 2022 年遷至銀座主街中央通，舖面變得更大更堂皇。是次旅程，當然是第一時間到 Ginza Rasin 這間新開的「超 ROLEX 專門店」。

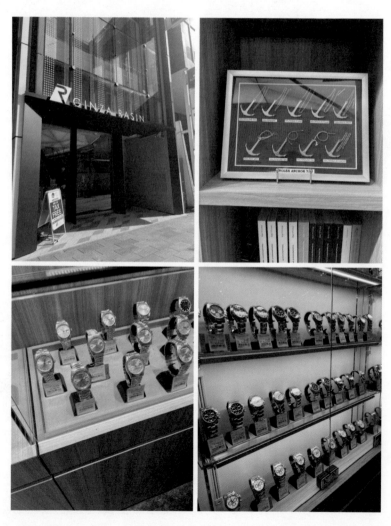

Explorer II Ref. 16550 奶油面

GMT-Master Ref. 16753

店舖 1、2 樓是零售區，3 樓是買取區，單是 Daytona 已放滿整個
飾櫃，新舊裝加起來合共有 50 隻之多，另一邊矮櫃則盡是近年熱
賣的 Day-Date 及 Datejust，當中有一隻羅馬字的 Bloodstone（血
石）Day-Date Ref. 18038，令人為之心動。店內亦可找到多隻中
古百事圈 Ref. 16750、沙示圈 Ref. 16753 及 Ref. 16550 奶油面
等等。

TAXin ¥4,380,000.-

02261

ROLEX   USED
1680S
サブマリーナ デイト
YG 40.0 AT   1981
                [BOX]
TAXin ¥6,580,000.-

13A3R0AU0186   17733
7067008

18K 黃金藍圈 Tropical Dial Ref. 16808 Submariner

令我最驚喜的，就是一隻生產於 1981 年，市場罕見的 18K 黃金藍圈 Tropical Dial Ref. 16808 Submariner，其錶盤已漸變為綠色，是變色面中的稀有顏色。

這次碰到一隻不錯的白面 Daytona Ref. 16520，當即拍板購入，但店舖不為免稅貨品提供保修服務，大家要留意。

{
■ 舊裝：★★★☆☆　　■ 中古：★★★★☆
■ 新裝（二手）：★★☆☆☆
■ 評語：店舖敞亮，中古舊裝選擇良
　　　　多，很值得一逛。
}

Ginza Rasin 超口レックス專門店（勞力士專門店）
東京都中央區銀座 8-9-17 KDX 銀座 8 丁目ビル 1F/2F
Tel 　　 ：03-6252-3500
營業時間：11:00 ～ 19:30（年中無休）

Yukizaki（ゆきざき）

是一間擁有 45 年歷史的店舖，他們於銀座區設有兩間分店，一間位於五丁目的中央通り店，另一間是新開業、規模更大的，位於八丁目的銀座店。

 ⑤

 ⑥

銀座中央通り店　　　　　　　銀座店

他們主要售賣珠寶首飾，同時亦有售賣不同品牌的全新腕錶，以及 Hermes 手袋。店內的勞力士，是以全新及二手的新裝為主，幾乎沒有舊裝及中古款式的蹤跡。

Day-Date Ref. 128235

GMT-Master II Ref. 116748SA

陳列最多的是較為近代的貴金屬 Day-Date，最搶眼的有一隻玫瑰金鑽石面，配搭方形彩石刻度的 Ref. 128235，還有外圈鑲嵌寶石及鑽石的兩款黃金 GMT-Master II Ref. 116748SA 及 Ref. 116748SARU。

{
■ 舊裝：★★★★★　　■ 中古：★★★★★
■ 新裝（二手）：★★★★★
■ 評語：奢華首飾鐘錶店，貨品以新
　　　　裝為主。
}

環觀四周亦有少量的熱門運動款式，如全金、金鋼或全鋼的 Submariner、GMT-Master II、Daytona 等等，但腕錶都沒有列明價錢，需要向店員查詢。

Day-Date Ref. 118366

而在八丁目的銀座店，遇到了一隻我從未見過的足鉑金 Day-Date Ref. 118366，配有牛津紋鑽石錶盤（Oxford Motif Diamond Dial）、長方形鑽石錶圈，價格約為港幣 49 萬左右。

中央通Yukizaki（ゆきざき）
東京都中央區銀座 5 丁目 8-16
銀座ナカヤビル 1F/2F
Tel 　　：03-3575-6600
營業時間：10:30 ～ 20:00

銀座Yukizaki（りゆきざき）
東京都中央區銀座 8 丁目 7-22
銀座ゴルフビル 1F/2F
Tel 　　：03-3571-8020
營業時間：10:30 ～翌 2:00

Brand Off 銀座本店

屬於日本傳統連鎖二手店，由服飾、手袋以至腕錶應有盡有，在香港開設的分店數量甚至比日本本土多。銀座本店樓高四層，腕錶首飾部設於 2 樓，3 樓則是專門售賣 Hermes。

Daytona Ref. 116523

Daytona Ref. 116515LN

其勞力士的存貨量其實不多，只有 10 隻左右，可見 Brand Off 零售業務集中在服飾、手袋，腕錶並非主打。在店內找到 Daytona 金鋼 Ref. 116523 及紅金 Ref. 116515LN 等等款式。

{
■ 舊裝：★★★★★　　■ 中古：★★★★★
■ 新裝（二手）：★★★★★
■ 評語：少量勞力士存貨，業務主力
　　　　在於其他奢侈品牌。
}

Brand Off 銀座本店
東京都中央區銀座 5 丁目 5-9
オージオ銀座ビル 1F-4F
Tel　　　：03-6274-003
營業時間：11:00 ～ 20:00

於 Brand Off 本店旁邊的，就是由 1987 年創業至今，以售賣腕錶起家的 Ginza Evance，當年我初到日本時已有留意這店，印象中他們都以新裝勞力士為主。

店舖裝修比較簡單，飾櫃上方擺放了不少中古運動款勞力士，下方則放滿了 Day-Date 等款式。一隻有出世紙的 Day-Date Ref. 18238，退稅後約為港紙 14 萬左右。

沿着樓梯上到 2 樓，會見到更多二
手新裝和中古勞力士運動款式，如
Explorer Ref. 14270 、Daytona Ref.
16520、 GMT-Master Ref. 16700、
Submariner Ref. 14060 及 Milgauss
Ref. 116400 等，但未見有舊裝腕錶。
他們的經營方式比較務實，腕錶的相
關資料會清楚列明，售價是一般市場
價格。

Daytona Ref. 16520

■舊裝：★★★★★　　■中古：★★★★★
■新裝(二手)：★★★★★
■評語：中古勞力士存貨頗多，適合
　　　　玩勞入門新手。

Ginza Evance
東京都中央區銀座 5-5-11
Tel 　　：03-6274-6740
營業時間：11:00 ～ 20:00

Rodeo Drive ⑨

Rodeo Drive 在日本已有 70 年歷史，定期每個月舉辦拍賣會，並且一直活躍於海外市場，業務多年前已駐足香港，我們彼此之間亦已認識超過十年。專務董事 岩船 裕二是我早期認識的 Rodeo Drive 成員，他是一位資深的舊裝勞力士收藏家，所以他們的員工對舊裝腕錶都具有相當的知識。

這次找來 Rodeo Drive 銀座的店長太田 諭志，就現今的日本鐘錶市場及勞力士銷售情況談論一下。太田表示，疫情期間，世界各地出入境均有限制，連帶有退稅優惠的奢侈品亦滯銷，市場的流動性停濟，生意亦受到影響。不過，由於當時大部份腕錶價格都下跌，反而有不少人趁機購入腕錶，作為資產保值之用。疫情後市況轉好，存貨都幾乎售罄，在供不應求的情況下價格又再逐漸回升。

另一方面，有一部份觸覺敏銳的客人，當知道勞力士要推新作，例如左手版本的 GMT-Master（又稱 Splite），就會迅速搶購。當中有些是海外客人，他們會馬上來到日本，並以退稅價購入，以致新款被搶購一空。

反觀大多數日本本地客人，消費態度是明顯不同，他們不會因款式停產而購買，也不會追逐爭搶最新款式，而是會根據個人喜好去選購。對於一些舊裝或中古的款式，他們都會優先考慮有沒有附屬品、腕錶部件對不對期，如果腕錶狀態良好，附屬品齊全，他們都會願意付出略高的價格去購買。

GMT-Master II Ref. 116769TBR

這款全鑽石的白金 GMT-Master，勞力士官方雖沒有提及，但據說此型號的製作成本是最高的，除了鑽石品質高、數量多，為配合外殼線條，勞力士會把鑽石切割成相應形狀，鑲嵌得嚴絲合縫，不會硌手。有說這型號只生產了 50 隻，極為罕有，C 朗拿度就是其中一位錶主。

Daytona Ref. 116520

早期推出的 Ref. 116520，錶盤已變為米黃色的 Ivory Dial，大全套售價超過 30 萬港幣，不過此型號錶盤期數頗多，太田表示店員都可以為客人細心介紹。

Single Red Submariner
Ref. 1680 Patina Mark 4

Mark 4 的單紅 Ref. 1680 錶盤狀態良好,夜光顏色、錶殼,以及變成灰色的錶圈都十分漂亮,整隻腕錶原汁原味,是收藏家鍾愛的品質。

GMT-Master Ref. 1675 Mark 5

這一隻 Ref. 1675,配上對期的 Mark 5 錶盤,夜光泛黃,更有一個原裝褪色的紅底色百事圈片,加上錶殼狀態頗佳,也是一件精品。

Patek Philippe Ref. 3445

這隻大全套的 Ref. 3445，機芯型號 Ref. 27-460 M 雖然是 60、70 年代的產物，但設計造工是當年的頂尖級數，沿用至現代也不輸新款腕錶，是太田的特別推介。

■舊裝：★★☆☆☆　■中古：★★★☆☆
■新裝（二手）：★★☆☆☆
■評語：舊款、新裝勞力士貨品種類平均，貼合市場價格。

Rodeo Drive
東京都中央區銀座4丁目4-13
琉映ビル 1-2F
Tel 　　 ：03-3538-1535
營業時間：11:00 ～ 19:00

Cagi Due ⑩

是一間經營了許多年的小店，店面裝修有着非常濃厚的中古氣息，櫥窗亦陳列了很多舊裝及中古的腕錶。

1987 年 製 包 金 Oyster Perpetual Ref.1024，約港幣 4 萬多。

Oyster Perpetual Ref.1024

單紅 Mark 5 Submariner Ref.1680，約港幣 14 萬左右。錶盤顏色相當不錯，以這個價錢來說相當便宜。

Mark 5 Submariner Ref.168

滿天星面白金 Daytona Ref. 116509ZER，另有四大美人 Tiffany Blue Daytona Ref. 116519，約港幣 44 萬左右，沒有出世紙，價格較為便宜。

Daytona Ref. 116509ZER

■ 舊裝：★★★★★　　■ 中古：★★★★★
■ 新裝（二手）：★★★★★
■ 評語：以勞力士為主，整體貨量不
多，淨錶價格相宜。

Cagi Due
東京都中央區銀座 4-8-1 穗月ビル 1F
Tel 　　　：03-5250-1115
營業時間　：11：30 〜 18：30
定休日　　：水 / 日 / 祝日

Commit Ginza ⑪

坐落於座六丁目的 Commit Ginza（前地址，已搬到一丁目區），位置上較為偏離腕錶店舖集中區域。其舊裝勞力士的存貨量是整個銀座之冠，除了舊裝，亦有不少中古或二手新裝，以及其他品牌的腕錶。

以店主阿部 泰治為首，Commit 的服務宗旨是徹底奉行以顧客第一主義，即顧客至上，他們不單只在售賣腕錶，更會分享傳授客人關於舊裝及中古勞力士的知識，從而培養大家對勞力士的興趣。此外，還有金子 剛和八木 隆幸兩位執行顧問，亦是經驗豐富的資深腕錶收藏家，為客人提供專業意見。記得去年的 Vintage Rolex Asylum GTG Bali 2023，即一群勞力士收藏家於峇里島所舉辦的聚會上，本人與金子 剛和八木 隆幸見過面，可見他們樂於與各地勞力士收藏家交流心得。

除了實體店業務，Commit 亦活躍於網絡，二人會每星期於公司網站上更新介紹腕錶的各種資訊的網誌，並在 Youtube 開設 Commit TV 頻道，拍攝短片分享關於腕錶的趣聞，而 Instagram 上的 Commit Ginza 專頁亦會為大家介紹最新腕錶情報，雖然整個 Commit 團隊只得數位成員，但卻是眾多店舖中最為進取的一間。

這次有幸與執行顧問兼鑑定士金子 剛，相談一下日本勞力士舊裝市場的概況。Commit 除了會向客人推廣舊裝腕錶的好處，也培養他們對 Vintage Rolex 的興趣，更會細心講解舊裝與現行款式的分別，例如歷史、特徵、造工精巧等等，客人們都樂學習有關知識。至於年齡層方面，由二十多歲到七十多歲的客人都有，分佈範圍甚廣。

この1冊で、売るのも買うのも、もう怖くない。

銀座の腕時計専門店がブランド時計の売買で「損」せず「得」する方法を徹底監修した必携ガイド

Commit Ginza 出版《銀座買賣奢侈腕錶導覽》

而最受歡迎的品牌，依然是勞力士穩佔首位，客人大多都是為了找舊裝的 Explorer、Daytona 及 Submariner 而來，當中尤其是 Explorer Ref. 1016 最受歡迎，曾有一隻在日本罕見的 Tropical Gilt Dial Ref. 1016，售價約 35 萬港幣，上架不久就被買走。

客人購物時通常會先看腕錶有沒有附屬品，再考慮價錢。有些客人得知腕錶沒有附證書，Commit 就會正確引導他們，舊裝腕錶沒有證書等附屬品其實是件很常見的情況，挑選狀態好的是最優先的條件。如果他們有選擇困難，就會向店員尋求專業意見。

客人的比例上，Commit 大多數的客人都是日本本地的，來自海外的約佔三成。雖然金子 剛本身不諳英文，但會有懂普通話和英文的員工從旁翻譯。既然 Commit 是主力銷售舊裝，我們當然要金子 剛向大家推介幾隻心水選擇。

80 年代的手上鏈 Daytona Ref. 6263 黑面大紅字，錶盤整潔而且夜光齊全，配有極少見原裝珠帶 Ref. 574 帶頭，錶圈、計時按鈕均對期無誤，售價約港幣 70 多萬算是合理。

Daytona Big Red Ref. 6263

Explorer Ref. 1016

60 年代尾 Explorer Ref. 1016 力架面款式，全錶盤光滑如鏡，夜光美麗泛黃，難得有原裝出世紙，其流水號生產時間應在 1966 年，只是售出的時間較遲，所以出世紙上日期為 1969 年，屬市場普遍現象，退稅後售價為港幣 28 萬港元。

Daytona Ref. 16520 Mark 2, 4 Lined, Inverted 6

勞力士自 1988 年推出自動上鏈 Daytona 後，一直頻繁地改動錶盤細節。這隻在 1989 年推出的二期面（Mark 2），12 時皇冠下方只得四行字，錶圈亦是同期生產的二期圈，即 225 測速字圈（後期圈已沒有刻「225」），很有特色，市場上亦罕見，退稅後售價為 40 多萬港幣。

Explorer II Ivory Dial Ref. 16550 Full Set

今次在東京見到的第二隻奶油錶盤 Ref. 16550，生產於 1987-88 年，是該型號最末期的版本。完美奶色，有原裝出世紙和錶盒，錶殼漂亮加上錶圈方字完整無缺，退稅後不用港幣 22 萬，價錢相當實惠。

GMT-Master 18K 黃金 Nipple Dial Ref. 16758

全黃金版本的第三代 GMT-Master Ref. 16758，配有對期的乳頭金屬夜光邊框（Nipple Dial），而且啡色錶盤個性獨特，配上硬朗的珠帶，豪邁高貴，退稅後售 31 萬港幣，非常適合喜歡舊裝貴金屬運動錶的收藏家。

■舊裝：★★★★★　■中古：★★★★☆
■新裝（二手）：★★☆☆☆
■評語：特色、罕有舊裝型號齊全，
　　　　中古新裝兼備，任君選擇。

Commit Ginza
東京都中央區銀座 1 丁目 7-16
コミット銀座ビル
Tel　　：03-6264-5310
營業時間：11:00 ～ 21:00

由 1986 年創業至今的腕錶店,裝修雅致,1 樓擺放着不同牌子的腕錶,2 樓則有不少舊裝勞力士,飾櫃們整齊地排列着 70 及 80 年代的 34mm Date、Air- King 以及 Datejust,價格由港幣一萬多起。

Daytona Ref. 6265

Daytona Ref. 6265，沒有「Daytona」字樣的早期 Mark 1 錶盤，退稅後約港幣 46 萬左右，價格上相當吸引。

Submariner Ref. 5513

釘框面及膠鏡面的黃夜光 Submariner Ref. 5513，約港幣 7 萬至 8 萬多。

Oyster Chronograph Ref. 6234

早期 Oyster Chronograph Ref. 6234，退稅後約港幣 27 萬左右，價錢價格不算昂貴，只是錶盤狀態一般。

各款 Datejust

更有一些較特別的藍色錶盤 Datejust，當中一隻 1971 年製的「光頭」錶圈的 Datejust Ref. 1600，配黑粉面，約港幣 3 萬多，價錢上一點也不貴。

所謂出門遇知音，Moonphase 店長 延川 元 認出了我是 Ivan Sir，並表示一直有追蹤我的 Instagram，為表謝意，於是贈送《人生第一隻 ROLEX》予他，並拍照留念。

■舊裝：★★★☆☆　　■中古：★★★★☆
■新裝（二手）：★☆☆☆☆
■評語：有不少價格便宜的舊裝款式和特別
　　　　型號，記得讓店員帶領到 2 樓參觀。

Moonphase
東京都中央區銀座 1-6-6 GINZA ARROWS1F/2F
Tel　　　：03-5250-7272
營業時間：11:00 ～ 19:00（定休日─星期三）

Ginza Links ⑬

偏離銀座腕錶店舖集中地，位於有樂町 JR 站附近的店舖，內裡的勞力士大部份以中古及二手新裝為主，價錢是一般市場價格。

未使用品(UNWORN)
ROLEX
コスモグラフ デイトナ
Ref. 116515LN
Case RG 40mm
Cal. 4130(72h) 自動巻
保証書日付 4/2021
マ調整痕有 GI0260
参考定価 ¥3,741,100
現金特価 ¥7,950,000
¥8,248,000 (税込)

中古(USED)
ROLEX
コスモグラフ デイトナ
Ref. 16520
Case SS 40mm
Cal. 4030(52h) 自動巻
保証書日付 3/1998
GI0263
現金特価 ¥4,900,000
¥5,068,000 (税込)

{
■ 舊裝：★★★★★ ■ 中古：★★★★★
■ 新裝（二手）：★★★★★
■ 評語：店面較小，售賣一般勞力士二手腕錶。
}

Ginza Links
東京都千代田區丸の內 3-6-11
Tel ：03-6273-4719
營業時間：11:00 ～ 19:00

鳥茂 （Torishige）

是新宿極具人氣的串燒老舖，創業於 1949 年，是好友山田強烈推薦的食肆。店內基本上全是日本本地客人，是氣氛極好的地道日本串燒，全店雖然有 82 個坐位，但每晚座無虛席，建議提早一個月預訂。這裏最著名的就是雞的各個部位串燒、豬內臟，以及和牛等特色料理，以紀州備長炭燒烤，讓人食指大動。

日本人是生食的專家，當然少不了生肉刺身，這個生牛拼盤，內有牛柏葉、牛腸、牛潤、及牛氣管等等部位，配以芥辣、山葵、生玉子及檸檬汁，混和一起食用，爽口之餘非常美味，是我個人推薦的特色菜式之一。

食物方面，有汁煮牛肉豆腐配上生玉子、雞腎串燒、汁煮豬大腸、釀青椒串燒、和牛串燒，及魚子醬配紫菜白飯等等菜式。

適逢當日是我的生辰，山田及一眾好友特意安排生日蛋糕，為我慶祝。

鳥茂（Torishige）
東京都涉谷區代々木 2-6-5
Tel ：050-5493-3137
營業時間：17:00 - 翌 1:00（星期一至六）

Chapter 06

渋谷
原宿

▶▶ 不單只是遊客，這兩個地區十分受本地年輕人歡迎，涉谷有最具代表性的地標五叉路口，附近商店食肆林立，店舖更更一直伸延至原宿區，是日本潮流文化上最重要的發源地。

寶石廣場 涉谷本店 ①

寶石廣場成立於 1963 年，已經有 60 年歷史，是相當受香港人歡迎的老牌鐘錶店。還記得 20 年前首次到訪日本東京，此店是必到之處。店內舊裝勞力士放滿一個大飾櫃，種類齊全，不過今次並沒有太多舊裝勞力士款式，貨品密集且整齊地排放展示，分門別類，款式以中古及二手新裝勞力士為主，基本上大部份受歡迎型號都可以在這裏找到。

■舊裝：★☆☆☆☆　■中古：★★★☆☆
■新裝(二手)：★★★☆☆
■評語：老字號鐘錶珠寶店，中古及新裝勞力士齊備，特色舊裝比以往少。

Daytona Ref. 16520（左）及 Daytona Ref. 6263（右）
店內有一隻細紅 Service 錶盤的 Daytona Ref. 6263，
售價約港幣 60 萬左右。而沒有出世紙的 A 頭 Daytona
Ref. 16520，退稅後價格大概為港幣 17 萬左右。

寶石廣場 涉谷本店
東京都涉谷區宇田川町 28-3 A2 ビル 3F / 4F
Tel 　　：03-5458-5429
營業時間：11:00 ～ 19:30

店舖建築設計風格與新宿店如出一轍,店內款式都是以中古及新裝二手勞力士為主,百事圈 GMT-Master Ref. 16700 連出世紙及原裝盒的大全套,退稅後約為港幣 9 萬左右,可樂圈 GMT-Master Ref. 16710,不到 9 萬港幣,以及黑色倒 6 錶盤 Daytona Ref. 16520,淨錶約為港幣 20 萬左右。

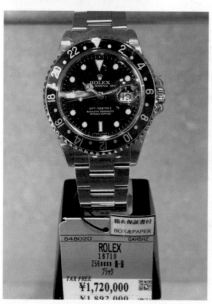

GMT-Master Ref. 16710

Daytona Ref. 16520

■舊裝:★★★★★　■中古:★★☆☆☆
■新裝(二手):★★☆☆☆
■評語:連鎖店分店之一,少量中古
　　　及二手新裝。

Watchnian 涉谷店
東京都澀穀區宇田川町 26-5
Tel　　　:03-6452-5482
營業時間:11:00 ～ 20:00

大黑屋 涉谷店

腕錶不是大黑屋的主要業務,這間鋪亦有售賣名牌手袋及服飾,總結來說勞力士的數量不多,看到一隻綠寶石鑽石錶盤的黃金 Day-Date Ref. 18238,價錢約港幣 14 萬左右,另外有一隻連原裝盒及出世紙的大全套 Explorer Ref. 14270,價錢約為港幣 4 萬左右,價格上算是便宜。

Day-Date Ref. 18238

Explorer Ref. 14270

- 舊裝:★★★★★　■ 中古:★★★★★
- 新裝(二手):★★★★★
- 評語:少量中古及新裝勞力士。

大黑屋 涉谷店
東京都涉谷區宇多川町 28-3 草莓涉谷文化村通大樓
Tel ：0120-787-648
營業時間:11:00 ～ 22:00

離開涉谷中心地帶往表參道方向前行，神宮前一帶是必經之地，這裡是潮牌及特色小店集中的區域。

這裡有一間賣舊裝腕錶的樓上店舖 Corleone Vintage Store，店內的裝修是全木製的飾櫃和枱凳，營造出非常濃厚的古典懷舊感，亦是我非常喜歡的一間小店。他們有着不少舊裝勞力士，當中有不少 Gilt Dial 的 GMT-Master Ref. 1675，還有灰錶圈的 Submariner Ref. 5513，除此以外他們更有不少舊裝 Tudor。唯一可惜的，是他們沒有提供退稅服務。

GMT-Master Ref. 1675

Gilt Dial 的 GMT-Master Ref. 1675

Submariner Ref. 5513

Ranger I Ref. 7991（Fat Luminous）

Submariner Ref. 94110（Blue Snow Flake）

Chronograph Ref. 7049（Blue Dial）

{
■ 舊裝：★★★☆☆　■ 中古：★☆☆☆☆
■ 新裝（二手）：☆☆☆☆☆
■ 評語：主打特色舊裝勞力士和帝陀，
　　　　以味道取勝。
}

Corleone Vintage Store
東京都涉谷區神宮前 5-25-2 肥田野ビル 2F
Tel 　　：03-3498-7878
營業時間：12:00 ～ 20:00

神秘的私人賣買者

今次到中野除了帶大家走訪錶舖,我們更約了一名舊裝勞力士 Personal Trader(私人腕錶買賣者)Iwao,就舊裝勞力士的趨勢及其推介對談一下,但基於私人理由,Iwao 不願出鏡,請大家見諒。

作為一名 Personal Trader,Iwao 主要是以 Instagram 這社交平台,與喜愛舊裝勞力士的顧客直接溝通。當然,在現今網上世界都會存在一定風險,為安全起見,他都會小心確認對方是否真有其人,若碰上可疑帳戶就唯有自己提高警惕。

Iwao 95% 的顧客都是日本人,只是少數是來自海外的,但採購上就活用到 Instagram 的優點,在世界各地搜羅稀有貨色,同時亦可以接觸到不少身處海外的舊裝收藏家。他的客人有的找他買 60 年代的舊裝 Datejust Ref. 1601 及 Ref. 1600,喜歡舊裝運動款的客人,就愛找 50-60 年代的款式,如 GMT-Master Ref. 1675,或一些沒有膊頭(護肩)的舊裝 Submariner。以我所知,沒有膊頭的舊裝,在日本是非常少有,在中野也只有 Jackroad 會有幾隻存貨,而且它們的市場價格都頗高的。

Iwao 自己鍾情舊裝的橙針 Explorer II Ref. 1655,但他的私人收藏也是十分罕有,還有不少 Tropical Dial(啡面),可見他也喜愛啡面,有幸見到他本人,當然要叫他分享一下:

在市場上,舊裝膠鏡面 Datejust 配有寶石面的比例很少,而搭載著 Onyx 錶盤的更是少之又少,這隻配上原裝 Jubilee 黃金珠帶的 Datejust,你會見到 6 點位置印著「T SWISS T」字樣,流水號為 330 萬,屬 70 年代早期款式。

Gold Datejust Ref. 1600 Onyx Dial

Submariner Ref. 6536 / 1 Tropical Dial

錶盤是 60 年代初的力架面，中間開始變啡，而錶殼的黃金也變 Tropical Patina，6 點及 9 點位是 Doorstep 刻度，配上尖針加上黃夜光，價格應該在港幣 13 萬到 15 萬之間，是一隻集合多種舊裝罕見元素的 Datejust。

GMT-Master Ref. 1675 Tropical Dial

這隻細三角針的力架面 Ref. 1675，錶盤原有的黑色已變全啡，圓膊頭護肩，屬 1963-1965 年的款式，而且狀態非常好，估計市場價格應該要 50 萬以上。

Submariner Ref. 6536 / 1 Tropical Dial

是為早期無膊頭潛水款式，錶盤亦是 Tropical 啡面，大家可留意銀色的「100m=330ft」字樣，它比一般紅字的更罕有，先不講它的夜光狀態，單是其極罕有的早期錶圈，因可用在同期大錶冠的 James Bond Submariner Ref. 6538 之上，光是這個錶圈已叫價 30 萬港幣以上，估計此 Ref. 6536 起碼要 70 萬以上才有交易。

Explorer Ref. 6610

最後，是 50 年代早期的 Ref. 6610，錶盤上搭載稀有的 Red Depth，即紅色 Meter First「50m=165ft」字樣，而時針是 1950 年代早期至 1956 年間才有的長 Benz 針，此長針可見於 Ref. 6150 及 Ref. 6350 等舊裝 Explorer 上，加上集合 Lollipop Seconds Hand 及 Chapter Ring 等元素，是一隻非常漂亮的珍藏。

Day-Date
（星期日誌型 Ref. 1802）
18K Stella Dial
（白金粉紅）

Day-Date 是勞力士自 1956 年推出以來，一直針對高端市場，它使用的是貴金屬外殼，材質有黃金、白金、粉紅金和鉑金，是世界首隻能顯示日曆和星期的腕錶。錶盤顏色方面，通常會以黑、白、銀或香檳金等顏色為主。

在 70 年代，勞力士推出了專為中東市場而設的 Stella 錶盤，官方目錄上稱為「Lacquered Stella」，「Stella」則是為勞力士提供顏料的公司的名字。錶盤的製造方式是以人手覆上一層琺瑯再燒製，推出過紅、橙、黃、綠、藍、粉藍、粉紅，還有牛血紅、三文魚色等等多種色彩。惟當時這些顏色鮮艷的錶盤銷情不如理想，故此勞力士約 10 年後就停產並開始銷毀餘下的錶盤，以致只有少量的 Stella 錶盤在市場流通。

曾聽到老前輩說，當年 Stella 面的 Day-date 大都會被換上香檳金的錶盤，後悔莫及。大約在 2010 年左右，人們開始對舊款 Stella 錶盤產生興趣，市場價值不斷攀升，在 2022 年 4 月，拍賣會 Monaco Legend Auction 上，一隻鮮黃色 NOS 的 Stella Day-date ，拍賣成交價竟高達 5,500,000 港元。（資料來源：https://www.monacolegendauctions.com/auction/exclusive-timepieces-28/lot-272）

這隻生產於 1977 年的白金 Ref. 1802，配有光滑錶圈，以及深粉紅色的 Stella 錶盤，這顏色的錶盤令到本來就稀少的白金 Ref. 1802，變得更為罕有。而經過歲月洗禮後，深粉紅色沒什麼轉變，Tritium 夜光亦完整無缺，只是錶盤產生龜裂呈現了蜘蛛網紋，不過就是這些瑕疵，才會令人感覺到這類舊裝款式更具個性，更具收藏價值。

Day-Date
（星期日誌型 Ref. 1803）
Sequoia
（紅杉木面盤）

提起經典的勞力士 Day-Date，相信不少人都會想起自 1978 年至 1990 年代生產的木紋錶盤（Wood Dial），一般搭配在第一代藍寶石玻璃錶面的 Ref. 18038 Day-Date 腕錶。當中有密度較高的樺木（Birch）、非洲桃花芯木（African mahogany）、草莓樹（Madrona）及胡桃木（Walnut）四類，這些錶盤取自天然木材，紋路顏色各有不同，有黑、深啡、淺啡，及介乎橙色與啡色等等變化多端的顏色。

在木紋 Day-Date 錶盤之中，我卻鍾情於早期搭載着 Cal. 1555/1556 機芯的 Ref.1803 紅杉木錶盤。後一期的 Ref.18038 所採用的幾款木材，木皮表面塗有一層力架，錶盤是平滑而富有光澤的，而紅杉木則沒有，它猶如一塊實心的木頭，所以我亦喜歡稱之為木頭面，材質的啞色紋理被保留下來，層次分明，木

材也更厚身，與後期的木紋錶盤是截然不同。

二十多年來我親眼見過的高質量紅杉木面 Day-Date，數量極少。為什麼這樣少？這是因為紅杉木表面粗糙，木紋深刻，未經加工的表面在不同氣溫和濕度影響下冷縮熱脹，材料順着明顯的木紋裂開，所以紅杉木脆弱的特性令勞力士在處理和製造錶面時難度大增，表面深刻的木紋亦加大了印字的困難，故當時的生產量極為稀少。

這隻 Ref.1803 木頭錶盤仍然處於非常良好的狀態。在高倍數的放大鏡下，你可以在星期及日曆的視窗中，窺探到那介乎 1 到 1.5 毫米厚度的紅杉木錶盤邊沿。亦由於木紋較深，金色印刷的字體亦有斷斷續續的情況出現，令我深深感受到於 1970 年代採用全天然物料打造錶盤，對勞力士來說絕對是一個極大的挑戰。

Daytona
(Ref. 6241)
Paul Newman
（保羅紐曼）

說到勞力士地通拿，相信大家印象最深刻的應該是 2017 年 Paul Newman 本尊的 Daytona Ref. 6239 腕錶於 Phillips 拍賣會上，以天價 USD$17,752,500（港幣約 $138,500,000）成交，這隻錶搭載着紅秒圈的白色熊貓面，就是最令我着迷的早期 Mark 1 錶盤。

所謂 Mark 1 面，就是指生產在 60 年代尾，最早期的骰仔面（Exotic Dial），配上紅秒圈的第一代 Paul Newman 錶盤，不過這一次為大家介紹的並不是型號 Ref. 6239，而是我多年來一直期待，全鋼的、直撳型按鈕（Pump Pushers）配上黑膠圈的型號 Ref. 6241。

2017 年，一位行家向我推薦這一隻極為罕有、擁有完美的 Mark 1 面，整個錶盤潔淨、夜光部份完整無缺，無可挑剔，加上美麗的黑膠錶圈，紅色秒圈與「Daytona」字體互相呼應，這就是我一直在尋找的最喜愛的三色面，而且這地通拿由第一手錶主直接售出，沒在市場上出現過，所以看到這一隻摯愛，腦內沒有絲毫想討價還價的念頭，二話不說就將它買下了。

雖然多年來我已擁有過不同款式的舊裝勞力士，但這一隻地通拿可算是玩錶生涯上的終極目標，完了多年的願望，我亦以擁有這隻腕錶為榮，如果可以的話也希望能將這生產在 60 多年前的它一直傳承下去。

Daytona
(Ref. 6263)
Tropical Dial
（啡面）

要講云云舊裝地通拿中的王者，相信必定是 Ref. 6263 這個型號，配有加強了防水功能的旋入式按鈕，擁有黑色膠鋼圈的外觀，錶盤有銀色或黑色的選擇，整個款式設計典雅而高貴，但大家又可曾想過當年用在錶盤上的黑色顏料，會變成眼前的啡色？

有非常少量生產於 1970 年代初期，全鋼的地通拿 Ref. 6263，其用於銀色錶盤上黑色的三個 Sub dials，以及全黑色錶盤上的黑色顏料，會因應不同的環境因素及情況，變成不同程度的啡色。有的色調會深一點，像朱古力，有的會變得鮮艷一點，像土黃色。在很多人眼中腕錶顏色變異就是缺陷，代表顏料出現問題，偏偏這些缺陷被世界各地的舊裝勞力士收藏家視為珍寶。

而今次為大家介紹的這隻啡面 Ref. 6263 ，其色調則在兩者之間，恰到好處，錶盤是粉面（Matte Dial），配上塑膠鏡面，視覺上有着濃厚古舊的氣息。錶盤其餘部份，包括指針、刻度、三個白色 Sub dials 都非常整潔，加上錶殼為早期生產，直徑會較細，錶腳較短，Mark 1 錶圈和殼身沒有打磨過的痕跡，堪稱完美，亦是我最喜愛的地通拿珍藏之一。

Daytona
(Ref. 6265)
18K
〔黃金大全套〕

近年收藏的舊裝貴金屬 Daytona，湊巧地都是黑色錶盤，可能「黑金」實在太美，繼擁有 18K 黃金 Ref. 6263 和 Ref. 6241 之後，這一套 Ref. 6265 就是我最近購入的黑金收藏品之一。

要知道佩戴腕錶上手必定有耗損，如此愛惜舊裝勞力士的我，即使佩戴新錶，小心翼翼戴一兩次之後，添了少許花痕也是無可避免的，但當我第一次親眼看

見這隻 Ref. 6265 的時候,它簇新的程度,實在令我無法離開視線,它的錶殼並未受到歲月洗禮所影響,敢肯定 40 多年來,它被佩戴的次數是屈指可數。而且它的錶盒、出世紙、說明書等等配件一應俱全,猶如剛從勞力士購買全新錶一樣,這驅使我購入後只佩戴過一次那麼多。

唯一美中不足的,就是其不可任意改動的原裝 13 格 7205 型號釘帶,對於我這個手腕細小的人來說,就只能替換其他短一點的錶帶後才可佩戴了。

Daytona
(Ref. 16520)
NOS
〔白面大全套〕

一個偶然的機會，一位資深收藏家在疫情期間割愛售出私人的白面地通拿 Ref. 16520 NOS 給我。NOS 即是 New Old Stock，指其仍保持全新未使用的狀態。

適逢 1988 年是 Daytona 誕生的 25 周年紀念，勞力士推出首款自動上鏈型號 Ref. 16520，結束了 Daytona 手上鏈機芯的時代，只是當時品牌仍未成功研發 出穩定的自家製機芯，所以向 Zenith 錶廠外購機芯 Calibre 4030 製造計時碼表 Ref. 16520，並取得 C.O.S.C. 瑞士天文台認證，在市場上反應非常熱烈。

記得 Ref. 16520 推出初期供不應求，在分銷商排隊，輪候時間一般要一至兩年以上。當時黑色錶盤較受市場歡迎，市場價格亦較白色錶盤高，只要去到勞力士服務中心，付出一千多元的價錢，白盤就能換成黑盤，所以 90 年代坊間大部份的 Ref. 16520 都被換上了黑色錶盤，白色錶盤成為了零件售賣。

要數當年 Ref. 16520 最受歡迎的期數，必定是尾期的 A 頭及 P 頭流水號，即生產於 1998 年中至 2001 年間的 Ref. 16520。除了腕錶狀態較新，錶帶亦換上了實心不鏽鋼的帶頭 （Curve Fitting），給人感覺更堅固耐用，質感十足。直至 2016 年，勞力士推出黑色陶瓷錶圈（Cerachrom）Daytona Ref. 116500LN，白色錶盤版本被錶迷稱為熊貓（Panda），掀起一陣搶購熱潮，連帶白色錶盤的中古 Ref. 16520 價格也飆升，甚至比黑色錶盤更昂貴。

而這隻白色錶盤的 Ref. 16520，生產於 1996 年，「T 面」有着泛黃的氚（Tritium）夜光，錶背貼紙及綠色吊牌齊全， 18 年間從未被佩戴過的完美 NOS，在我眾多收藏品中，它是唯一我從未佩戴上手的舊裝腕錶。

Daytona
(Ref. 116519)
Grossular Dial
（紅石榴石面）

在勞力士 Daytona 結束搭載 Zenith 機芯，轉用自家機芯後，品牌開始為新款 Daytona Ref. 116519 推出一系列珍貴寶石錶盤的版本，例如紅石榴石（Grossular）和方鈉石（Sodalite），承繼舊型號 Ref. 16519，繼續為貴金屬 Daytona 打造更多元化形象，之不過早期推出並沒有太多人留意這些寶石錶面盤的款式，熱度並不高。及後於 2017 年，明星保羅紐保曼的 Paul Newman Dial Daytona Ref. 6239 拍賣會上搶盡風頭，連帶所有舊裝 Daytona 亦開始活躍起來，價格不斷上漲，這類寶石錶盤的當然不甘寂寞，開始受到市場關注。

寶石錶盤的 Daytona，除了海藍色的 Sodalite，深粉紅色的石榴石算是非常罕有。這錶盤特別之處在於其石材結構獨特，與光滑的黑瑪瑙 Onyx 相比，它的粉紅色是深淺不一，隨石紋分佈整個錶盤，而且表面還有強烈的凹凸感，高低不平，使到勞力士在製作錶盤時難度大增，字體印製亦非常困難。

Grossular 錶盤都是由天然礦石打造，所以每一塊錶盤都有其獨有之處，有的表面會比較平坦，有的顏色比較單一，而我這一隻 Ref. 116519 的顏色和石紋比較複雜，有着強烈的反差和對比，天然石材的質感更明顯。以我多年來的觀察和經驗，紅石榴石面 Daytona 比 Sodalite 面少很多，相信大家遇到三四隻 Sodalite 面才會有一隻紅石榴石面，所以其價格亦會高企一點。

不過補充一點，深粉紅色石榴石錶盤跟白金錶殼的配搭，視覺效果上對比非常鮮明，但對於我來說顏色配襯不太容易，但單純從觀賞和收藏角度來說，他粗獷的寶石紋理和鮮艷的顏色，實在叫人看得着迷。

Explorer
(Ref. 1016)
Abino Dial
（白化面）

勞力士自 1953 年後正式開始生產不同的運動腕錶系列，包括 Explorer、Submariner 及 GMT-Master 等等，基本上都是以黑色錶盤為主，並不像現行的 Explorer II 和 Daytona 般，會固定推出白色錶盤，然而一些勞力士收藏家發現，當年的 Explorer、Submariner 及 GMT-Master 有一種數量極少的白色錶盤版本出現過，就將其命名為白化面（Albino Dial）。

大家最有印象的，應算是勞力士為泛美航空公司製作的 Pan-Am GMT-Master Ref. 6542 的白色錶盤，這專屬腕錶是坊間唯一能確認是官方推出過的款式。

關於 Albino Dial 的出現，最可信最合邏輯的說法，就是當年每當要推出新型號之前，勞力士的製錶師都會在白色或銀色錶盤上用黑色墨水印刷字體，為了測試印刷效果，以及確保印刷設備製作出來的成品絲毫不差。這些測試錶盤（Prototype）並非粗製濫造，它們造工完整、字體印刷精美，質素與正式生產的完成品無異，雖未被正式公開發售，卻流出了市面，成為傳奇級的腕錶。

暫時已被確定的資料是，由 1953 年到 1964 年間，所有運動腕錶系列，包括 Explorer Ref.6610/1016，Submariner Ref.6204/6205/6536，GMT-master Ref.6542/1675 等等，搭載着 Albino 白化面盤的總數估計不會超過 20 隻，所以很少能在二手市場上看到。

而眼前的這隻 Albino Dial Ref. 1016 是一位意大利收藏家轉售給我的。其流水號、錶盤印刷特徵和同期的黑色 Lacquer Dial Ref.1016 基本上完全一致，加上錶殼沒被打磨過，狀態完整，經典的 3,6,9 Explorer 設計及其泛深黃的夜光物料，在白色的錶盤上呈現出另一種簡潔的古典韻味。唯一可惜的是錶盤 11 時位置，原有着少許油漬，清理過後露出了灰銀色的底盤顏色，雖有一點瑕疵，但令這隻如謎一樣的 Albino 更添真實性。

Explorer II
(Ref. 16570)
Cream Dial
（奶油面）

Ref. 1655 大橙針自 1982 年停產後，探險家型號進入一個新的里程碑，先後在 1982 年推出新款型號 Ref. 16550 和在 1990 年推出 Ref. 16570。為什麼這麼說，是因為勞力士在這款式上新增了白色面盤，還有金屬框邊的刻度，錶圈換了刻有闊大數字的固定鋼圈，以及新的 GMT 機芯 Cal. 3085。有趣的是，這種白色的 Explorer II，經過若干年後，有部份錶盤會蛻變成不同程度的奶黃色，這種現象在腕錶收藏界有一定的重要性，因為它代表着這個特定期間內的舊裝勞力士的特色和變化。

在上一本著作《人生第一隻 rolex 》提及過 Ref.16550 象牙面（Ivory Dial），在此就不再重複，今次要説的是泛黃錶盤的 Ref. 16570。早期的白色錶盤在海外被稱為 Polar Dial，當中大部份仍然會偏白色，只有少量會泛黃變成奶油色，夜光物料上亦有此現象，而今次所介紹的，就是一隻錶盤變了深黃色的例子。

最初這種錶盤，並不受到收藏家的重視，認為錶盤已經變壞，然而在今天變成深黃色的錶盤卻會讓人十分驚訝。

近年在 Phillips 拍賣會上，一套全齊的 Explorer II Ref. 16570 奶油面成交價飆升至二十萬以上，與普通的白色錶盤版本相比，其價格可以高出三倍之多，所以這類特色錶盤引證了勞力士舊裝腕錶的歷史，以及市場上定位的變化和收藏價值。

有誰會想到，二、三十年後，一隻勞力士的入門型號會帶來豐厚的回報，所以勞力士的魅力，除了其不斷變化和升值，同時也增添了收藏的樂趣。當然變化有好與壞，有時候都要視乎個人彩數和眼光，若閣下心癢癢想進入舊裝勞力士的世界，一隻 Ref. 16570 或許是個不錯的開始。

GMT-Master
(Ref. 1675)
Mark 2.5
（格林威治型）

自 50 年代起，美國航空業迅速發展，泛美航空公司找了勞力士，請他們為飛行員研發一款能掌握兩地時區的腕錶，GMT-Master 便應運而生。其二十四小時的紅三角針，紅藍色而可轉動的錶圈設計，可讓佩戴者輕易讀出兩地時間，當時深受經常要跨時區的旅行人士和飛行人員的歡迎。

第二代的 GMT-Master Ref. 1675 於 1959 年問世，一直受到眾腕錶用家和錶迷的喜愛，當中最難入手的，就是大家眼前的這個 Mark 2.5 版本，十分稀有，錶盤上的字體和皇冠標記，都與其他版本有着非常明顯的分別。

大部份舊裝勞力士玩家都很着重錶盤上皇冠（Coronet）的形態，一般的 Ref.
1675，皇冠都各有形態，有較短的，例如 Mark 1 Long E 或早期瀝架面（Gilt
dial），又或者修長及較窄，例如 Mark 3、4、5，但這個 MK2.5 既短又闊的
皇冠外型，加上扁平的皇冠洞口，更像一個長方形，是勞力士皇冠形態。錶盤
「ROLEX」使用的字體，「R」、「L」、「E」的收尾位置呈現一個大三
角形的啄位，這款字體與其他錶盤期數相比，有着明顯差別，這是 Mark 2.5 獨
有的最大特徵。根據參考資料，這個錶盤期數一般出自 1970 年代初，而這隻
Ref. 1675 的流水號，以及底蓋刻有的年份都是 1972 年，是對期的，十分難得。

Datejust
（日誌型 Ref. 16018）
Onyx Khanjar Oman Dial
（黑瑪瑙阿曼面）

在眾多的勞力士寶石錶盤中，黑瑪瑙（Onyx）錶盤，相信是這幾年間鐘錶界的熱潮，特別是在日本知名潮人藤原 浩的加持後，他佩戴的 Onyx 錶盤黃金 Day-Date Ref. 18028 風靡了全球的勞力士玩家圈子，使到大眾的目光再度投向這種貴金屬和寶石錶盤當中，連帶年輕一代的腕錶愛好者都在社交媒體上哄動起來。

Onyx 錶盤其漆黑而光滑的獨有性質，配在黃金腕錶之上，彼此之間不但沒有搶了風頭，更突顯出整體高貴的個性與風格，材料配搭上實在應記一功。

今次介紹的，並不是該潮流教父手上的 Day-Date，而是另一款黃金 Datejust Ref. 16018。要知道，貴金屬寶石錶盤這個奢華配搭，通常出現於旗艦級的 Day-Date 款式之上，相對在 Datejust 上是比較少見，更何況這隻 Ref.16018 配搭的竟然是一塊印有中東 Khanjar Oman 圖案的 Onyx 面盤，令其罕有指數達致幾何級數的提升。

這隻 1980 年代初的黃金 Datejust，其錶殼及蠔式錶帶均並未被打磨過，Khanjar Oman 複雜的金字圖案印刷，在其漆黑光滑的寶石錶盤上，每一線每一點都清晰易見，充滿立體和凹凸感，其精細彰顯了勞力士的細膩造工，天衣無縫。

我亦未曾找到過另一隻同款型號及 Logo 的 Onyx 腕錶，其他寶石面的也寥寥可數，在 Instagram 上載這隻收藏品的照片時，立刻有多名腕錶收藏家來詢問價格。因此藉着本書出版，在此感謝大家的「愛慕」之意。

Sea-Dweller
(海使型 Ref. 1665)
Mark 0 Dial

勞力士海使型，又稱深潛，該系列的起源，可以追溯到 1967 年，推出了第一款從 Submariner 演變而來，潛水功能更強的深潛 Sea-Dweller，以應對深海勘察的極大挑戰。

深潛型號 Ref. 1665，生產時期由 1967 年至 1983 年為止，在演變上大致上可分為兩個階段。頭一階段，約 1967 至 1977 年，錶盤上會印有兩行紅色字樣「Sea-Dweller」和「Submariner 2000」，大家稱之為「雙紅（Double Red Sea-Dweller）」。第二階段在 1977 年後，錶盤上「Sea-Dweller」字樣改為白色，「Submariner 2000」被刪去，被稱為「Great White」。

「Great White」的 Mark 1 錶盤，1977 年開始在市場上出現，是與尾期 Mark 4 雙紅錶盤同期推出的。類似情況於當年來説是非常普遍。不過後來得知重疊的兩者之間原來還有着 Great White Mark 0 錶盤的款式存在。

從外觀上，Mark 0 錶盤中，第一行「Sea-Dweller」的長度明顯比第二行「2000 ft=600m」 長很多，與 Mark 1 或之後推出的兩行字對齊版本，均有着明顯的分別。而底蓋方面，自流水號 520 萬開始，就棄用了沿用多年的橫向「ROLEX」皇冠刻字 （俗稱「大蘿柚底蓋」），改為弧形「ROLEX」皇冠刻字（俗稱「細蘿柚底蓋」），底蓋裏面亦不再刻有腕錶的流水號。不過這隻 Mark 0「細蘿柚底蓋」仍有着 520 萬 流水號的刻字，對我來說不知算不算是 Bonus。

話說回來，這隻 Mark 0 指針與刻度上的 Tritium 夜光物料，呈現出如南瓜般的深黃色，即所謂「Pumpkin 夜光」。

Mark 0 的流水號，介乎於 510 萬到 530 萬的狹窄範圍內，即是生產期只有 1977 年這一年內的三數個月，它更與雙紅的 Mark 4 面、Great White 的 Mark 1 面重疊出售，估計能流傳到現今的 Mark 0 版本 Ref. 1665 是非常之少的，屬於極其稀有的過渡期款式。

它的出現能讓人見證舊裝勞力士充滿趣味性的演變過程，你永遠不會得知更有趣、更罕見的東西會在何時被人們發掘出來。

Submariner
（潛水者型 Ref. 16618）
Lapis Lazuli Dial
（青金石面）大全套

Ref. 16618 生產於 1990 年代最初，作為 Ref. 16808 18K 黃金版本的後繼型號，沒有了人稱「乳頭面盤（Nipple Dial）」斜向的金屬釘框，取而代之的是面積更大的 Tritium 夜光刻度，並且是勞力士首次將青金石寶石錶盤放在貴金屬 Submariner 之上。

記得第一次見到青金石這個寶石錶盤是在 15 年前，那時寶石面並不是十分流行，一塊用在 Submariner 上的錶盤，只值兩萬港幣，不算昂貴。但當我在七、八年前，再次關注到這這類配有寶石面的黃金 Submariner 的時候，價格已經上升到幾十萬港元，這種轉變顯得非比尋常。

直到鐘錶市場三、四年前的大牛市，所有寶石錶盤真正地開始受到追捧，價格不斷飆升，一隻青金石面的 Day-Date 已經要港幣四十萬以上。要知道這類寶石錶盤本身產量不多，如果再放在比較熱門的運動款式中，價值更會是以倍數上升。

幸運地，因為意識到它們的升值潛力和吸引力，在這股熱潮還未爆發之前，我已

成功購入了這一隻貴金屬黃金版本加上青金石錶盤的 Submariner，而且是大全套的收藏品，心情十分興奮。

在青金石的蔚藍色底之上，大家可發現上面還帶着不規則的金色斑點，斑點越多，愈顯錶盤特色，色彩更豐富，加上乾淨俐落的黃金錶殼，整隻腕錶就像一幅古董油畫一樣，值得細緻回味。這錶盤在佈局上還有一個獨特之處，就是 12 時位置的三角刻度，比同期的全鋼款式 Ref. 16610 更寬闊，坊間稱之為黃金版本的「Maxi Dial」。

但不知為什麼，我個人總是認為這 40mm 直徑的黃金藍色錶盤潛水錶，戴在身形高大的外國人手中更好看，更為合適。

Chapter 08
附錄

到日本買錶前的準備

1. 準備放大鏡（附設藍光 UV 燈）

購買舊裝勞力士，10 倍放大鏡是不可缺少的工具。即使你眼力有多好，購買舊裝中古勞力士，也不易看清面盤和指針的細節，加上舊裝面盤上的夜光物料氚（Tritium），對 UV 有着綠光的反應（即着燈），所以舊錶玩家帶備 UV 光的放大鏡去看腕錶成為必須的指定動作。

這裡可以簡單教大家怎樣看舊勞不同的夜光反應，去推斷是否對期。在 1963 年之前，面盤印上「SWISS」 或「SWISS MADE」的， 夜光物料都使用鐳（Radium），在 UV 光下呈微弱綠光，但有個別情況，夜光物料因為發黑，綠光的光度會減弱。

UV 燈下的「Glowie Tritium」Gilt Dial Ref. 1675　　Gilt Dial Ref. 5512　　Albino Dial Ref. 1016

由 1963 年開始到 1998 年，勞力士改用氚（Tritium） 夜光面盤。勞力士使用氚長達三十多年，所以不同時期的氚面盤會有不同的反應。早期的氚，即由 1963 年到 1967 年生產的面盤，由於成份濃度高，所以這段時間生產的 T<25（「T」即是 Tritium）面盤，會對 UV 光有強烈綠光反應。例如 T<25 力架面，及最早期粉面（Matte Dial），對 UV 光仍然有着燈反應。但 1968 年後的粉面，氚夜光物料濃度較低，對 UV 光不會着綠光。但有些面盤會有例外情況，例如舊裝手上鏈地通拿（Daytona）、早期 Day-Date 和 Datejust T Swiss T 面盤，到現在照 UV 光都有着燈反應，所以勞力士當時製造不同型號的面盤時使用的氚，濃度會各有不同。

1998 年後，夜光物料採用了更為安全的 Luminova，2000 年之後用效果更好的 Super-Luminova，令到錶盤上的刻度，在夜間或微弱光線下發出光亮的綠色夜光。直至 2008 年，勞力士更研發了獨家夜光物料 Chromalight ，是一種能發出強烈藍光的夜光物料。

測試腕錶面盤及指針的夜光對 UV 的反應，是最能直接了解舊裝中古勞力士錶盤狀態的。除了可測試是否原裝外，還可以幫助確認腕錶的生產年代、零件是否對期，不論你想購買的是舊裝、中古抑或二手新裝，都非常重要。

2. 準備生產流水號（Serial Numbers）對照表

近來十數年間，勞力士採用了英文字母及數字隨機配搭的流水號作為生產編號，外界不知其腕錶的確實生產時間。其實在最初早於30、40年代，勞力士一直用順序的流水號作為生產編號。大概在50年代由五位數開始，直至到60年代初到達7位數，即是一百萬，到1987年持續去到9,999,999的流水號。及後變為英文字母作開首，配六個位的數字，其生產編號系統有着明顯的編排，能對照相應的年份。所以，要買舊年份的腕錶，如沒有對編號及年份倒背如流，就記得帶一份流水號對照表。

腕錶的流水號，位於錶殼下方六字位的錶腳之間，相對上方十二字位錶腳中間顯示的則是型號號碼。這個刻印格式在50年代或之後生產的勞力士錶都是一樣，直至2007年，這個格式有重大變革，勞力士改為把流水號刻在錶殼內則下方六字位的位置，我們稱為內影，相信這是一個防偽的措施，因為坊間越來越多偽造的流水號（Re-engraving），甚至是偽造錶殼（Aftermarket Watch）在市場流通，不過在商譽良好的店舖、市場買賣則是十分安全的。

綜合而言，無論是買舊裝、中古或新裝勞力士錶，檢查觀察錶盤指針狀態、殼身錶帶狀態、流水號型號、出世紙卡、錶盒配件等等，都有着密切的關係，所謂一分錢一分貨，相信大家都明白這個道理。當然，大家如果並非十分熟悉舊裝二手勞力士，多查詢、多發問，也是一個不錯的方法，因為日本鐘錶店舖員工都很有耐性，也很有禮貌。如果語言溝通沒太大問題，他們都很樂於解答顧客的疑問，這是我多年來的經驗。

流水號對照表

Serial Number 流水號	Year 年份	Serial Number 流水號	Year 年份	Serial Number 流水號	Year 年份
340000	1945	1530000	1967	L	1989
450000	1946	1720000	1968	E	1990
580000	1947	1950000	1969	X / N	1991
600000	1948	2350000	1970	N / C	1992
640000	1949	2590000	1971	C / S	1993
670000	1950	2900000	1972	S	1994
730000	1951	3200000	1973	W	1995
870000	1952	3610000	1974	T	1996
920000	1953	3860000	1975	T / U	1997
980000	1954	4120000	1976	U	1998
10000	1954	5000000	1977	A	1999
60000	1955	5500000	1978	P	2000
140000	1956	5970000	1979	P / K	2001
220000	1957	6200000	1980	K / Y	2002
380000	1958	6540000	1981	Y / F	2003
430000	1959	7220000	1982	F	2004
530000	1960	7620000	1983	F / D	2005
680000	1961	8430000	1984	Z	2006
840000	1962	8830000	1985	Z / M	2007
950000	1963	9350000	1986	M / V	2008
990000	1964	9760000	1987	V	2009
1140000	1965	R	1987	G	2010
1280000	1966	R / L	1988	Random	2010-now

*For reference only. 只供參考。

3. 腕錶用語 — 中文與日文對照

ロレックス
Rolex

ケース
錶殼

ベゼル
錶圈

リューズ（竜頭）
錶冠

文字盤 / ダイヤル
錶盤

インデックス
Index / 刻度

ブレスレット
錶帶

クラスプ
Clasp / 錶扣

ラグ
Lug / 錶腳

日付
日曆

タキメーター
測速

シリアルナンバー
Serial Number /
流水號

見返し / ルーレット刻印
內影位 / 內影字

無地
無內影

常用術語	
金無垢	全金錶
コンビ / コンビモデル	金鋼錶
ビンテージロレックス	Vintage Rolex
トロピカル	Tropical
ハック機能	拉停秒針功能
手巻き	手上鏈
自動巻き	自動上鏈

買錶前必學	
質屋	當舖
並行店	水貨店
並行品	水貨（日本以外地區）
正規品	行貨（日本行）
正規価格	公價
買取	收買
外装研磨 / ポリッシュ	打磨
偽（ニセ / にせ）	假
レプリカ	Replica 仿製品
コピー品	仿製品
腕錶型號後面加「M」	Mirror Dial / Gilt Dial

火柴頭工作室
MATCH MEDIA Ltd
匯聚光芒，燃點夢想！

《跟住 Ivan Sir 去東京買 Rolex》

系列	：	生活百科
作者	：	Ivan Sir
出版人	：	Raymond
責任編輯	：	German、馬高、Wing
協力	：	Robert Ko、Carmen Li
翻譯	：	Carmen Li
封面攝影	：	Carmen Li
內文攝影	：	Robert Ko、Renee Yeung
封面內文設計	：	Say²eah
出版	：	火柴頭工作室有限公司 Match Media Ltd.
電郵	：	info @ matchmediahk.com
發行	：	泛華發行代理有限公司
		九龍將軍澳工業邨駿昌街 7 號 2 樓
承印	：	新藝域印刷製作有限公司
		香港柴灣吉勝街 45 號勝景工業大廈 4 字樓 A 室
出版日期	：	2024 年 7 月初版
定價	：	HK$158
國際書號	：	978-988-70510-4-6
建議上架	：	生活百科
特別鳴謝	：	山田 洋（Good Watch）、阿部 賢一（Jackroad）、龜吉 中野本店、福原 健太郎（Quark）佐藤 顯（Quark）、高妻 寬樹（Watchnian）、阿部 寬之（Watchnian）、岩船 裕二（Rodeo Drive）、團之原 聰（Rodeo Drive）、太田 諭志（Rodeo Drive）、金子 剛（Commit Ginza）、劉至耿（Okura）、Iwao